思路花語

馬長山◎著

目錄

序

　　緊張、忙碌、疲憊、無趣，是許多現代人的生活剪影；孤寂、苦悶、空虛、無聊，就成了精神調適不良的文明病。生活如此單調，精神如此枯澀，長此以往，身心如何能夠健康？專家建議我們：多多關懷生活，保持樂觀歡笑，這樣就可以因免疫力的增強，而長命百歲。其中，最簡易有效的方法，就是觀賞喜劇，接觸藝文。

　　接觸藝術，成本付出太大，又必須有慧根，入門不易。相形之下，接觸文學作品，似乎較合投資報酬率。不過，高文典冊，又冷又硬，一般人未必啃得動；武俠情愛，又太熱太軟，看多了難免發昏動氣，想入非非。我一直留意一種書，可以為單調的生活添加一些花絮，可以為枯澀的精神提供一些糧食。而且，它必須輕、薄、短、小，才易受現代人歡迎，它更必須機智、幽默、生動、雋永，現代人才會欣然接受。還有，它還必須老少咸宜，雅俗共賞，才有賣點，有市場。這種書，到那裡找啊？別急！眼前這一本就是！

　　這本《思路花語》，從內容上看，像《百喻經》，啟人沈思；像《幽夢影》，示人慧心；像明小品，旨永神遙；像座右銘，令人難忘。又像寓言，弦外有音；像公案，機鋒無限；像語錄，言淺意深；像趣談，逸趣橫生。在修辭技巧上，廣泛使用迴文、排比、頂眞、層遞等手法；語言運用

上，處處體現「戲言近莊，反言顯正」的風格；思考角
度，追求反常、創意，所以文章超脫凡俗，不可思議。明
代曹臣著有《舌華錄》一書，堪稱談說之總歸，舉凡婉言、
直言、憤言、名言、雋言、莊言，皆有其例；即謔言、詼
言、危言、戲言，乃至激勵語、痛切語，亦有實證。試考
察《思路花語》諸篇章，琳瑯滿目，並不在曹臣書之下，可
以跟《舌華錄》前後輝映。總之，其妙處大抵如人飲水，冷
暖自知，讀者不妨親自取一瓢飲。

　　作者馬長山先生，為中國社會科學出版社經理。五年
前因王俊義教授介紹，神交已久。知其常利用三餘之暇，
從事寫作，雖吉光片羽，亦頗得識者歡賞。今集腋成裘，
出版有日，問序於余，爰誌讀後感如上。

張高評 序於成功大學中文系
一九九九、十、二十

人類與社會

我相信人類是很有榮譽感的，不然無法解釋很多人為了一點蠅頭小利就打得死去活來。

即使搜遍宇宙的每一個角落，也很難找到人這樣的怪物：一些人為了追求虛名而不惜一擲千金；另一些人為了幾個銅板而不顧自己名聲的好壞。

在人類社會中，每個人都像一個胡蘿蔔，同其他人不大一樣，又大體上一樣。

人類大體上由兩部分人組成：一部分人的欲望很多；另一部分人的欲望更多。

很多富人為不能有更多的錢苦惱，我為社會有這樣一些富人而苦惱。

人類的天性是善良的，大部分人往往置自己的缺點於不顧，而認真替他人尋找過失。

每個人都很精明，這使我意識到，人類是多麼愚蠢！

人類只有找到一顆更適合自己踐踏的星星，才會把地球一腳踢開。

凡是一個人幹得出來的蠢事，人類也幹得出來。

　　❀ **思路花語**

　　如果我們讓所有的人平均分擔地球上的痛苦，那麼痛苦的總量並不會減少但牢騷卻增加了。

　　人人都想與眾不同，這使人們大致相同。

　　圍觀：道德高尚者經常受到的禮遇。

　　人類和獅子都吃小動物：獅子是極其殘忍地殺害它們；人類卻文明多了。

　　動物們之所以不能團結一致對付人類，是因為它們內部和我們一樣也是亂糟糟的。

　　動物和人類相比有一個缺陷——它們不懂得把自己最醜的地方遮起來。

　　當我們從童話中讀到大灰狼吃了小白兔之後眼含淚水；當我們看見餐桌上的兔肉時嘴流口水。

　　動物只會模仿，人類才會剽竊。

　　動物們只關心它們自己的利益。我們人類除此之外還惦記著別人口袋裡的東西。

　　人沒有尾巴真是一件憾事，很多在動物那裡搖搖尾巴

就可以表達清楚的應酬，我們人類必須要費很多口舌。

　　當一隻野獸怒氣沖沖時，那一定是因為別的野獸侵犯了它的利益；而當一個人怒氣沖沖時，有可能是因為他沒能侵犯別人的利益。

　　人和野獸是有原則區別的：野獸們互相欺侮是說幹就幹，事先至多吼上幾聲，並不認真打什麼招呼；我們人類在採取行動之前，一般說要先講一講道理。

　　野獸永遠不會理解人類的行為。例如，由於報仇的時機未到，我們不得不和一個仇敵熱烈擁抱，以麻痺他的警覺。

　　沒有一隻鸚鵡能掌握同人類成員一樣多的詞彙；但是有很多人卻能掌握同鸚鵡一樣多的詞彙。這就是我們人類的高明之處。

　　經常議論別人的缺點，你就是一個道德水準低下者；經常議論人類的缺點，你就是一個思想家。

　　人類儘管有這樣那樣的缺點，可是我們還得原諒他們，因為他們就是我們。

　　導致歷史前進的原因固然很多，但是它自己願意往前

跑恐怕是最重要的。

乘客們喊著四面八方的站名，歷史之車卻朝著一個方向前進。

戰爭，以及和平，總是攪得我們人類不得安寧：前者讓大多數人不得安寧；後者讓少數人不得安寧。

歷史是不會止步不前的，即使它偶爾停滯了，也是在以另一種方式前進。

當一個社會懲罰了不該懲罰的人之後，這些人是十分不幸的，這個社會是萬分不幸的。

反抗同時代的人是很危險的，因為你找不到其他時代的人支持你。

用滿是漏洞的網來形容法律真是再確切不過了。

例外的事情總是有的，例如一項法令剛剛頒布，馬上就會有人遵守它。

上帝從不走進如來的廟宇，他怕在那裡受到冷遇。

教堂的鐘聲喚醒了上帝的信徒，也吵醒了無神論者。

上帝是無所不能的，他甚至能創造出大批的無神論者。

社會是一個奇怪的地方，你急於要找的人大都地址不詳。

一個官僚主義者只需三樣東西就可以消磨一個上午：一杯濃茶水、一張印了字的報紙，以及一顆麻木不仁的心。

在人類所有的不幸中，最不幸的是我們必須要為自己的行為承擔一切後果。

作戰勇猛的士兵和指揮失當的元帥均有當上將軍的可能。一般說後者的可能性還稍稍大些。

天使的各個部分都很完美，因而他們沒有突出的優點。

偉大的人物雖然屈指可數，可是已經令我們目不暇接。

既然人世間的一切都在上帝的掌握之中，那麼我們的言行舉止必定完全合乎他的心意。

　　人類既然有誕生之日，也必然有死亡之日。幸運的是，我們生活在這兩日之間。

　　人類社會的組成原則是，幾乎所有的位置都不是由最合適的人占據著。

　　任何社會都需要保守勢力：他們的存在可以使先進勢力保持必要的榮譽感和警惕性，從而有助於社會的整體和諧。

　　缺少重大社會衝突的國家的歷史是很難描述的，歷史學家不得不將一些小事情提高到重要的位置，從而使該國的歷史十分乏味。

　　知識與良心是人類這隻怪鳥的一對翅膀。

　　爲了發現激進主義者的毛病，保守主義者不得不加快自己的腳步。

　　保守主義的內涵比激進主義豐富得多：對現有秩序的任何肯定同時也意味著對建立這種秩序做出貢獻的激進行爲的肯定。

　　令保守主義者引以爲榮的是，他們常常比激進主義者晚半個小時犯錯誤。

　　巨鯨和小蝦都不易被普通漁網所捕獲，就像跨國犯罪和小偷小摸都很讓警察頭疼。

　　歷史通過重複而滿足常人的理想，通過變革而實現哲人的抱負。

❋

9

　　文化使我們遠離畜牲，對文化的反思使我們又抱緊它們。

　　農業表明我們和動物的能力不相上下；工業表明我們遠在動物之上；商業表明動物根本不是我們的對手。

　　歷史必然是曲折發展的，因為它筆直向前的路至今還沒有修好。

　　人力比自然力更偉大：一棵直徑一米的雲杉樹需要一千年才能長成，我們只用三分鐘就可以把它放倒。

　　有些人總是弄不清人與動物的區別，於是我告訴他們：一隻活蹦亂跳的小狗可以輕而易舉地得到許多小姐的親吻，而一個活蹦亂跳的紳士即使累得滿頭大汗，也不容易實現這一目標。

　　除了人類和蝗蟲，很少有一種動物能在觀光一個地區時把它弄得亂七八糟。

要反抗一羣人，你必須站在他們之外。

富人的財產減去他們的需要，其差額可以稱之為「聲望」。

如果地球上的每個人都在同時放鬆一下，整個世界就會全面緊張起來。

上帝和閻王由於觀點不同，彼此是從不見面的。

國王的兒子還想當國王，乞丐的兒子卻不想再當乞丐了，這是兩件很麻煩的事。

民主不是判斷真理的儀器，而是保護真理的容器。

哪一類人活得威風，哪一類人便供過於求。

動蕩不定的地區衝突時而讓熱愛和平的人鬆一口氣，時而讓熱愛戰爭的人鬆一口氣。

現代社會必須保護富人的利益，因為窮人只會創造財富，富人才能將其中的一部分變成稅金。

當法律從習俗的對面出發時，它的征程何其漫長，它的使命何其殘酷！

　　既然我們自己都對人類的評價不高，又怎麼能指望動物對我們有較高的評價？

　　一個幽默：為了人類自己的利益，我們必須保護動物。

　　狂風中我們抱緊寵物，藍天下寵物領著我們。

　　在野獸的圈子裡，力氣大的總要占些便宜；在人類社會中，力氣大的可能只是個搬運工，手無縛雞之力者卻是他的工頭。

　　為雲憂風，為花憂雨，為動物憂人類。

　　和同類在生活一起更安全：如果你惹怒了一隻野獸，它就會撲上來和你拚命；如果你惹怒了一個人，他只能從法網的縫隙中向你施放冷箭。

　　我不願意和蝸牛賽跑──我怕衝刺時踩死我的對手。

　　歷史折磨記性好的人，懲罰記性差的人。

　　人類記憶力不好時便重複歷史的錯誤，當他們記憶力好時則準確地重複歷史的錯誤。

歷史往往是這樣前進的：人們用一些不易察覺的謬誤糾正那些顯而易見的謬誤。

寫歷史書的原則是，除了特例，一切都應大事化小，小事化了。

我從不相信「靜悄悄的革命」之類的說法——總得有人拍拍桌子吧！

歷史不能改寫，但歷史書可以改寫。

不要抱歷史的後腿，因為你也在它身上。

人類歷史上任何愚蠢的行為都可以從歷史學家那裡得到解釋，當然有些解釋是十分愚蠢的。

領袖是人民的函數。

區分貧富有一個迅捷的辦法：製造垃圾多者為富人。

最嚴厲的暴君，也得給人民掏耳朵的自由。

復古主義者的口號是：明天算什麼東西！

當一個社會主要是由賣不出去的空房子和沒有房子住

的人組成時，這個社會就需要加以檢討了。

　　窮人喜歡罵富人，而富人喜歡罵更富的人。

　　在保守主義者看來，最高尚的思維活動是回憶，其次
是對現實的抨擊。

　　富人可以出錢辦演唱會，但支撐場面還得靠窮人。

　　五百年前人類處於水深火熱之中，五百年後人類將處
於水不深火不熱之中。

人生與修養

人生是由無數小事組成的一件大事。

在人生的旅途上，「整裝待發」並不是一個積極的詞彙。

生和死都很痛苦，二者之間的那段時期則更痛苦。

如果你不能嚴肅地對待人生，便很難發現它的可笑之處。

人像煮雞蛋一樣，沒熟透時總是有一股怪味兒。

要想打通人生的隧道，第一頭皮要硬；第二手裡要有傢伙。

我一生只寫一本書，尚嫌時間緊迫。我在前半生醞釀，後半生寫作。至於修改，只能安排到逝世以後了。

不要寫書給年輕人看，因為他們遲早會發現裡面的錯誤。

現在的小孩子和小時候的我們有一點不同：我們小時候總是哭著求媽媽給煮一個雞蛋吃；現在是媽媽哭著求孩子吃一個煮雞蛋。

　　成人的責任之一是教育兒童在不該說假話的時候一定說眞話。

　　年輕人很看重老年人的經歷，殊不知老年人常常為它們流淚呢！

　　老年人其實不必擔心年輕人從身後趕上來——他們全朝著另一個方向跑了。

　　我對青年有三條建議：第一是思考；第二是思考；第三是不能總是思考。

　　兒童之所以幼稚可笑，是因為他們總是在不該說實話的時候說了實話。

　　在成年人的會議上，我們都是先問一個為什麼，然後才決定是否舉手；而在孩子們的課堂上，他們必須先舉手，然後才能問一個為什麼。

　　老年人是這樣一種人，當你奉承他們的時候，他們會警惕地打量著你，一定要弄清你的眞實意圖不可。

　　長輩：一個曾經和你一樣尿過褲子的人。

　　人只有把牙齒掉光了，才想起要咀嚼一下往日的生

活。

老壽星們大多有一個缺陷：他們總是記不住自己遇到的麻煩事。

人到中年時一般會感到很失望：我們會發現自己年輕時的想法太不實際了；人到老年時更會感到失望：我們會發現自己中年時的想法全錯了。

老年人抱怨自己的好日子已經過去；青年人抱怨自己的好日子遲遲不來；中年人對上述兩者羨慕不已。

在人生的旅途上，大自然的責任是安排老弱病殘者先行。

孩子們絕對算計不過我們成年人，即使他們偶爾棋高一著，也一定是因為我們另有所圖而對他們謙讓一下。

小孩子不聽大人的話是很不好的，因為大人的話並不是每一句都是錯的。

世間最不公平的事有兩件：一是小偷兒用手偷了錢，挨踢的是他們的屁股；二是小學生的屁股坐不住，挨打的卻是他們的手。

生活像一杯清茶，細品才有滋味兒。

美就是生活；可是誰敢說生活就是美？

我們的耳朵在兩種情況下格外好使：一是別人在說我們的壞話；二是別人在說別人的壞話。

五十歲以前要常數數頭上有幾根白頭髮；五十歲以後要常數數頭上有幾根黑頭髮。

有道德的人通常都很忙碌：他們既要提防別人欺騙自己，又要提防自己欺騙別人。

一個人在一生中至少要生幾次氣，因為你不可能對別人的好運氣完全無動於衷。

生活的樂趣在於我們不能事先洞察一切。

生活的浪花是什麼樣子，要看它碰上了幾級大風。

既然很多人都同意生活是一本書，那麼裡面出幾個錯別字就沒有什麼大驚小怪的。

生命不僅僅是一次盛宴，它還應包括採購、烹調，有時候還有拉肚子或嘔吐。

生活真是一齣悲劇——我們還不會說話、走路就被推上了舞台，尚未盡興又被趕了下去。

一個人在一生中總應該講幾句新鮮話才好。如果你實在講不出來，也應該重複幾句別人的新鮮話。

虛榮耗費了我大半生的光陰，而讓那些不怎麼在乎它的傢伙占盡了便宜。

怎樣生活並不是一個複雜的問題，而是一組複雜的問題。

每個人前進的路上都會充滿彎路，在彎路與彎路之間可能還是彎路。

如果你曾經有過不幸的經歷，這當然很不幸；如果你沒有過這樣的經歷，這可能更不幸。

使我們傷心的往往不是自己的不幸，而是別人比我們更幸福。

平庸使我們快樂，這是它長盛不衰的主要祕密。

苦難磨煉我們的意志，可是說它好話的人不多。

幸福沒有統一的定義。或許這就是幸福的定義。

「命運是多麼不公正啊！」——沒有抓到好牌的人悲憤地喊道！

意志堅強的人不怕困難，真正的強者卻害怕沒有困難。

運氣就是機會碰巧撞上了你的努力。

在成功的號角吹響以前，嘴唇上必須要磨掉幾層皮。

機會是一種分布不勻但人人都有的東西。

有三個字可以幫助你獲得成功：不服氣。

絕不能步成功者的後塵——他們早已把路踩得泥濘不堪了！

沒有一次印象深刻的成功不是經過千辛萬苦獲得的，即使有的話，也早就被我忘了。

在人生的道路上，智慧能解決很多問題，勇氣則解決智慧解決不了的問題。

去掉不可能來的運氣，就會剩下可能不來的運氣。

人們之所以看不起轟動一時的人物，是因為存在著很多轟動多時的人物。

我們看不起傻瓜是因為他們不管碰到什麼事都是樂呵呵的，然而這不正是我們做夢都想達到的境界嗎？

悲觀主義者每聽到一個壞消息，臉上就會增加一道皺紋；如果他們聽到一個好消息，臉上只會增加半道皺紋。

樂觀主義者即使被別人蒙在鼓裡也會自我安慰——畢竟別人被蒙到了鼓外。

悲觀：在兩次樂觀之間嘆了一口氣。

愛憂鬱的人即使碰到順心事也依然眉頭緊鎖——總不能為了一點小事就把愛好放棄吧？

我們必須要向整天樂呵呵的人學習——什麼困難也難不倒他們；我們也必須要向整天眉頭緊鎖的人學習——他們總是對自己的成就不滿意。

令人不舒服的消息，幾乎總是真的。

謹小慎微的人遇到得意之事也不敢搖頭晃腦——萬一把腦子扭斷了怎麼辦？

有獨創性的人即使去見閻王也想走一條新路。

我有野心，這是我的一個很大的毛病。不過它幫助我克服了一個致命的毛病：懶惰。

動搖：在連續的堅定當中停頓了一下。

理智是冰涼的，而感情，至少要燙手才行。

我對懶漢有如下建議：能坐著就不要站著；能躺著就不要坐著；能死掉就不要活著。

懶惰：一種不需要多大毅力就能持之以恆的行為。

最大的挫折是你鼓足勇氣向一個困難衝鋒時，它忽然不見了。

每天都賺一分錢，你就是一個大贏家。

理想就像手指頭，每個正常人至少應該有六七個。

我們比前輩思想家優越的地方是，我們漫不經心經歷

過的很多事情，他們僅僅英明地預見到而已。

　　出人頭地是一件很難的事：你必須說別人沒說過的話，做別人沒做過的事，還得向別人證明你是個正常人。

　　失敗並不一定可恥，但可恥的失敗則一定是可恥的。

　　世界上的事情總是不盡人意──這可惡的「人意」！

　　我們經常取笑那些比我們先出醜的人，然後被那些比我們後出醜的人取笑。

　　明天與今天的區別是明天更美好而今天更實在。

　　命運使一些人獲得了成功而只給了另一些人成功的機會。

　　有的人碰上一個釘子以後就能碰上一個經驗；有的人碰上一個釘子以後又能碰上一個釘子。

　　我們普通人都有這樣的毛病：我們選了一條路走下去，後面如果沒人跟著，心裡是很不踏實的。

　　不要鋌而走險，除非你想圖點什麼。

偉大的人物總是不順心。

當一個人不想再等運氣的時候，他的運氣也快要到了。

道路如果平坦得像冰一樣，恐怕不是什麼好事兒。

困難不會耽誤我們按時增加年齡。

生活的訣竅是必須一天天熬下去。

如果不斷的失敗還不能使一個人止步不前，命運只好派成功來干擾他了。

挫折像一條鞭子，可以抽得我痛苦地呻吟，但不會讓我做出實質性的讓步。

拋棄習慣是一件很痛苦的事情，因為它們是我們一點點看著長大的。

據說忍耐包治百病，可是我們的疾病又何止百種？

要經常問自己一些重要問題，並且必須答覆。

沒有一個英雄能獨享字典裡的好字眼兒。

你充當了這個角色只是由於別人更不合適。

木偶的獨特之處是，當它們的頭腦不夠靈活時，問題往往出在脖子上面。

體面與尊嚴的內容因人而異：它們有時意味著一本磚頭狀的著作，有時意味著一對雙眼皮兒。

欲望是人的骨頭。過多的欲望是骨刺。

如果有人指出我的一條缺點，我會感激他一輩子；如果有人指出我的一條優點，我會感激他兩輩子。

有的人以思想著名，有的人以技藝著名，有的人以著名著名。

對自己才幹的不同深度的開掘會得出不同的結果。就好像挖地一丈，你會看到土；挖地十丈，你會看到水；挖地萬丈，你會看到火。

沒有選擇餘地是很危險的，這常常會使你步入歧途；然而它也是很保險的，你不必為自己的決策失誤承擔過多的責任。

頂不住眼前的誘惑，就失去了將來的幸福；頂住了眼

前的誘惑，又失去了現在的幸福。

幾分牽掛，幾分報答。

有一個腦袋並不值得誇耀。大頭針也有一個腦袋，其作用只是讓人捏住它。

當別人指出我的長處時，我很難做到無動於衷。

傻瓜偶爾也會因為犯傻而幹出一件聰明事。

不要和自己打賭，因為無論誰輸誰贏都不好受。

如果你平時說話都很注意平仄，即使偶爾失言，別人也會以為你是為格律所縛。

人和汽球在這一點上是沒有區別的：自我膨脹要有一定的限度。

對自己的錯誤應該像對待蚊帳裡的蚊子那樣，說死說活也要把它捉住。

老實人和不老實的人都會把頭弄得青一塊紫一塊的：老實人經常碰壁；不老實的人經常跌跟頭。

靠彎腰去撿一個金戒指，我是不幹的。

金戒指是這樣一種東西，戴上一個無疑會增加你的份量，但增加不了很多。

有些東西主要是皮值錢，譬如狐狸；有些東西主要是肉值錢，譬如豬；有些東西主要是骨頭值錢，譬如人。

一個人死後變成一棵樹固然是一件好事，可是爲了全面評價他的一生，我們還得知道他一共毀過多少棵樹。

平心靜氣地對待生活吧，憤怒會使它更糟！

平心靜氣比憤怒更累人，因爲做到前者需要調動你體內的全部涵養。

我願意走與衆不同的路，但不反對和別人結伴而行。

卑躬屈膝：一種精神系統缺鈣的疾病。

我從不參加大合唱，特別是不參加有指揮的大合唱。

不要自吹自擂，這種危險的事情應該推給別人去做。

要想成爲山峯式的人物，就必須放棄點頭哈腰的樂

趣。

外表美並不重要，它不過使你看上去不太醜而已。

要想一點兒風險不冒就嘗到講大實話的樂趣，似乎不大可能。

對自己的錯誤不僅要拋棄，而且還要收集，並系統地加以整理。

沒有人願意假惺惺地講真話。

當事件有著兩個以上成功的可能性時，我常常心煩意亂！

在人生之路上保持平衡的辦法是，哪一邊的誘惑大一些，就朝它的相反方向歪一下身子。

好夢應對醒後的行動有所幫助。

成熟的標誌是能控制住內心的喜悅。

退回到過去是不可能的，前進到過去更是不可能的。

我從不由於累了而休息。我是為了下一步的工作而休

息。

對於那些習慣於嘻嘻哈哈的人來說，嚴肅一下與其說是一次享受，不如說是一次事故。

忙碌者也有假日，但他們把自己的假日弄得比平時還要忙。

❋
31

一個謙虛的人總有一天會驚奇地發現他站的地方比四周都高。

規規矩矩走路的人也有不舒服的時候，因為規矩常常比他們的腳走得快。

生活中一個小小的目標便能把一大堆瑣碎事串連起來。

用不著對那些一舉成名的人欽佩不已──你知道他以前試舉過多少次？

聞過則喜者其實很蠢，是很蠢很蠢的聰明人。

大腦是我們最可寶貴的東西，只有它能指揮我們的嘴說話，也只有它才能讓嘴否認自己說過的話。

立場之所以非常重要，是因爲它一走我們全得趴下。

偉人是這樣一種人，他們走得很慢，但是步履堅定，羣衆則一溜小跑兒地跟在他們後面。

世界在偉人的眼裡是很小的，以至於他們可以坐在世界的旁邊仔細地觀察它。

天才是一些非常古怪的人，他們往往在其他人點頭的時候搖頭，而在其他人搖頭的時候點頭。

神仙唱歌也有跑調的時候。

頭銜：小裝飾物。

道學家的全部觀點可以用一句話加以概括：做你不想做的事；不要做你想做的事。

如果你是一個强者，我不會同情你；如果你是一個弱者，我爲什麼要同情你？

如果你不煞費苦心，就不會發現生活中到處都存在著極其容易解決的問題。

和那些空洞無物的演說相反，有的演說充滿了華麗的

詞藻。

　　萬幸：你被判處死刑，但緩期執行。

　　經常摩拳擦掌的人，或是鬥志旺盛，或是有皮膚病。

　　你用不著對自己的失誤過於憂慮，即使所有的人都不原諒你，你也會原諒自己的。

　　從我們降生那一天起，就不斷有人告訴我們什麼是對的，什麼是錯的。這就是文化。

　　有些沒什麼用的東西，例如頭銜、名望之類，之所以被人當寶貝捧著，是因為它們能帶來有用的東西。

　　一世淒涼好忍，萬古寂寞難熬。

　　對自己的缺陷應盡量加以彌補，彌補不成只好加以利用。

　　如果你凡事都替自己打算，別人就會因為你過於自私而感到憤慨；如果你凡事都替他人打算，別人又會因為你違背生物學的規律而感到困惑。

　　買了人身保險之後我更加心神不定：我必須反覆權衡

折斷哪一根手指頭對我更爲有利。

任何激情都只能把你帶到它所能達到的高度，當然那也就是你所能達到的高度。

生活就是兜圈子：上帝把我們送給父母；父母把我們交給社會；社會把我們扔給子女；子女把我們還給上帝。

有所建樹總是一件好事，哪怕你只是發出兩聲別人從未聽到過的怪叫。

銀行存款是定心丸，上市股票是興奮劑。定心丸不會讓你有多大出息，但卻要不了你的命。

我們這一代人反對的東西或許恰恰是下一代人追求之物，這既是對我們自尊的傷害，又是對我們風度的考驗。

天才在沒有變瘋以前只能取得中等偏下的成就。

兒童一肚子問題，老人滿腦子信仰。

爲自己的才幹劃定邊界是十分重要的，這樣你才能在一年中保持三百多天的沈默。

君子應在守道中求榮，在求榮中守道。

不要搶別人的餡餅吃，也不要被別人夾在餡餅中吃掉。

生活就是這樣，當你一身肥肉，滿嘴假牙，胃口極差時，請你赴宴的人才開始多起來。

讚美過去、批評現在和譏諷未來是老年人的三大愛好。

良知如果不能在需要發作的時候發作，它就不是良知。

既然成功之後常常是摔跟頭，那麼讓我們盡量推遲成功的到來吧！

增強自信心有一個辦法：先想像一些獲得成功的場面，然後愉快地進行回憶。

或多或少地貶低時間的偉大，是一切懶漢的特徵。

老年人永保青春的祕訣是不時對年輕人的保守傾向提出批評。

有些人在世時偉大，有些人逝世時偉大，有些人逝世千年以後偉大。

關於財產數量有三個概念：一是我們應該擁有的；二是我們實際擁有的；三是我們渴望擁有的。大部分人對第三個概念更有興趣。

當你認爲自己不可能取得成功時，失敗便出現了。

學生是千差萬別的，嚴肅的考試制度卻對此報以輕蔑的微笑。

中年是一段車禍頻仍的金光大道。

希望破滅還不如在半途掙扎。

懷舊主義者雖然總是抱怨今不如昔，但仍有一個信念支撐他們活下去，即今天比明天要美好。

以天分補學力則學力日淺，以學力補天分則天分漸高。

當已經取得的業績無法爲我們提供多少聲望時，我們不得不使用尚未發生的業績進行招搖。

每個人在年輕時都是詩人，中年時是散文家，，晚年則蛻化爲評論家。

「是」令人愉快，但「不」更值錢。

老年人常常感嘆他們的兒子有一個優越的生活條件，但卻抱怨他們孫子的生活條件不夠優越。

有些人的名字給我們的印象是如此深刻，雖然別人若是不提起他們，我們絕對想不起來，但只要別人一提起，我們絕對想得起來。

偉人也有婆婆媽媽的時候，大多數偉人甚至僅僅在必須偉大時才與凡人有所區別。

古人為了安身立命，經常檢討自己的毛病。而現代心理學告訴我們，一個人只有經常念叨自我的優勢，才有可能取得更大的成就。

悲觀主義者是難得一笑的：如果別人不同意他們的看法，他們會因自己不被別人理解而難過；如果別人同意他們的看法，他們會因自己的見解得到證實而更加難過。

赴宴之前，樂觀主義者檢查領帶，悲觀主義者檢查腰帶。

對於一個悲觀主義者來說，不斷的失敗只會使他的立場更加堅定，而意外的成功卻導致他發生信仰危機。

偶然發生的悲劇使我們捶胸頓足；必然到來的悲劇讓我們默默無語。

不要害怕信仰悲觀主義的雄辯家，他的技藝會服從他的信仰，他的努力會化為失敗。

一個樂觀主義者也有皺眉頭的時候——如果他被鯊魚吞到肚子裡，也得好好盤算一下如何從裡面逃出來。

嬰兒應該服從父母；青年不要異想天開；成人最好小心謹慎；老人適宜閉門思過。

事物總是迂迴發展的，例如我們受自己孫子的影響，然後把這種影響施加給自己的兒子。

青年是容易犯罪的年齡，老年是容易教唆犯罪的年齡。

年輕人憑書本判斷；中年人憑經驗判斷；老年人憑信仰判斷。

老人領路我們放心；孩子領路我們開心。

只要我們在等著運氣，運氣也一定在等著我們。

　　生活大致有兩方面的內容：一是處理一系列的麻煩；二是享受由此產生的快樂。

　　生活常常以兩副面孔出現：一副讓我們吃驚，一副讓我們厭倦。

　　無論多麼糟糕的生活，都會有人羨慕不已。

　　我們生活的全部意義在於計算好消息減去壞消息之後的差額。

　　生活是寧靜的，是我們打擾了它。

　　為了讓我們最終適應死亡這一巨大的悲劇，生活常常在我們身上製造一些小的悲劇。我們必須感謝生活的周到和體貼。

　　生活中常常有這樣的怪事情：你想得到的東西根本得不到；你不想得到的東西也沒有得到。

　　生命始於吼叫，完成於嘆息！

　　大多數人都在出生時嚎啕大哭，而在死亡時保持沈默，這一點很令人深思。

偶然與古人心靈相通使我們愉快，天天見面則令人沮喪。

人生只有現在，過去與未來不過是現在的不同表現形式。

人生的苦惱在於躲不開苦惱。

人間雖好，終究不是久待之地。

講禮貌就是重複大多數社會成員的舉止。每當別人誇獎我彬彬有禮時，我內心深處都十分難過。

投機可能順利一世，老實才能萬古長青。

我寧可因做了某事而後悔，也不願因未做某事而後悔。

聰明是成功的一半——當然是非常小的那一半。

人是有理性的動物。一部分人行事強調「理性」，一部分人行事強調「動物」。

榮譽總能帶來利益，利益常常有損榮譽。

對於沒有毅力的人來說，不妨多定幾個人生目標。如果實現不了，可以再定幾個。

有些事使我們失望但不震驚，有些事使我們震驚但不失望。

遠見：一個折磨人的東西，它總是勸我們放棄唾手可得的眼前利益。

多少人既想滿地打滾兒，又想一塵不染。

如果你真是個大土豆，農民不會對你視而不見的。

人沒又有腳是站不穩的，沒有腦袋也是站不穩的。

說一句謊話，你就是個說謊者；經常說謊話，你就是個道德水準低下者；每句話都是謊言，你就是某種特殊語言的締造者。

在我的意志與困難的較量中，我同情困難。

大多數失敗者其實都是行動以前考慮再三的人。

我們應該這樣周到地安排後事：把遺產留給妻子；把美德留給孩子；把詩篇留給社會；把困惑留給自己。

有些疼痛可以通過反覆忍受而減輕；有些矛盾可以通過反覆躲避而解決。

我經常生悶氣，因為我畢竟是個君子。

大部分人往往對已經失去的機遇捶胸頓足，卻對眼前的機遇熟視無睹。

如果苦苦追尋的東西突然迎面跑來，我們會不會唯恐避之不及？

倫理學上一個令人困惑的問題是，我們喜歡的東西很少得到提倡。

單憑你刻意模仿大人物的舉止，我就知道你是個小人物。

忍受：一個沒出息的動詞。

你要是發現不了使你驚奇之物，就很難成為一個偉大人物。

擁有真理未必能給你帶來好處，但擁有真理的解釋權則好處甚多。

如果沒有現在，過去就無法對未來施加影響。

當一切都按步就班地行進時，我們終於發現了命運的殘酷。

我是一個有原則的人，即使丟掉一個，馬上又拿出一個。

每當我謙遜地向別人徵求意見時，雙腿總要緊張得發抖：因為我怕對方真的說出什麼意見來。

現在的年輕人真是太天真了，竟然也想我們年輕時想的問題。

人和汽球在這一點上是沒有區別的：自我膨脹要有一定的限度。

幸運的是大多數偉人都有過很曲折的經歷。

他的成功純屬偶爾——他已經奮鬥了很多年，從來沒有成功過。

走路時要盡可能不踩著別人的腳印兒，這樣你腳下的路才會越走越寬。

他竟然勸我不要向命運低頭，其實我從來就沒抬起過頭來。

當一個人不想再等運氣的時候，他的運氣也快要到了。

❀
44

老實是最好的投機。

如果房間裡沒有地板，偉人也會急得不知站哪兒才好。

日曆對於我有一個特殊作用——天天晚上對著它嘆一口氣。

世界如果過於安靜，最有教養的人也會難過得大吼幾聲。

我對生活經驗不足的年輕人勸告說，你們不要拿雞蛋往石頭上撞，也不要拿石頭往雞蛋上撞。

我們大家都在朝墳墓走去，一路上卻吵個不停。

每當我想到世界上還有人嫉妒我這樣一個苦命鬼，便對生活發出了會心的微笑，

他從來不知道珍惜時間，總是不停地做著各種事情。

做人的原則有兩條：一是不給別人添麻煩；二是不給自己添麻煩。

我對生活的理解是：手裡要有王牌。

有理智的人通常都很勇敢，他們甚至揚言敢在沙漠裡和鯊魚摔跤。

既然逆水行舟如此不易，我們改順水好了。

即使所有的人都認為你沒什麼本事，你也用不著灰心喪氣。因為這至少可以證明你有本事讓大家在某一點上取得共識。

人若是像一塊耕地就好了——總是默默地奉獻，所要的不過是幾勺大糞和污水。

我把自己的照片和偉人的照片放到一起，絕沒有貶低他們的意思。我只想抬高自己。

人要有一點骨氣，即不但要有傲骨，而且要有傲氣。

我因做了一件好事後大事張揚而受到責備，便決定去

做一件壞事並且不留痕迹。

爲昨天流淚不止的人也將爲今天和明天流淚。

別人的苦難能喚起我們雙重的感覺：一是同情；二是興奮。再沒有比這更令人愉快的事了——我很糟，可是別人比我更糟。

生命如歌——媽的，又跑調了！

名人的特徵之一是苦惱的事情太多。我認識一個名人，他每天都爲必須要推掉一些宴會而難過；另一個名人則爲無法準確知道崇拜者的性別而苦惱。

我們的歡欣與其說取決於對幸福的敏感，不如說取決於對痛苦的遲鈍。

改變信仰是痛苦的，但如果非改變不可，不改變則更加痛苦。

中年以後，我們對世界的興趣越來越小，世界對我們的興趣小上加小。

推銷自我的訣竅是能用貼切的語言描述自己——如果

你其貌不揚，要說自己「心靈美」；如果你笨得連話也說
不利索，可以說自己「有內涵」。

交往與處世

友誼在交往中產生，在孤獨中體會。

真誠並不意味著一定要指責別人的缺點，但卻意味著一定不恭維別人的缺點。

禮貌就是注意別人公開的東西。

和一個思想家交談兩不吃虧：他多了一個崇拜者，你多了幾分智慧。

如果有個人無緣無故地對你微笑，那一定是為了某種緣故。

風度是一種只可意會不可言傳的東西，它具有把別人的大拇指頂起來的魔力。

寂寞是一種心態，它與你是否高朋滿座毫不相干。

飛機使地球變得很小；賀卡使地球變得更小。

要挽救瀕於破裂的談判，最好的辦法是趕快簽署一項協議。

最值得交往的也許是這樣一種人，當你萎靡不振時他能踢你一腳。

善艮雖然不能阻止別人傷害我們，卻可以阻止我們傷害別人。

大度就是不計較別人的冒犯，雖然心裡多少有一些彆扭。

稜角來自碰撞，失落於撫摸。

有些人根本不像敵人，但卻是敵人。

對付笑眯眯的人有一個辦法，那就是你也是笑眯眯的。

和心情憂鬱的人打交道要付出雙倍的勞累：你為他悶悶不樂，同時還得猜測他為什麼悶悶不樂。

和一個攜菌者在一起，你也會染上細菌；就像和一個名人在一起，你也會有名氣一樣。

對付口蜜腹劍的人有一個辦法——和他們接吻，躲開他們的肚子。

混水摸魚的人走到哪裡也不受歡迎：既不受人的歡迎，也不受魚的歡迎。

　　和愛好沈默的人打交道是很累的：他們願意傾聽你的意見，但是卻不放棄自己的愛好。

　　最好不要跟小肚雞腸的人打交道，特別是如果你自己也屬於這一類人時。

　　即使你自己也是一個壞人，和壞人打交道時也要格外小心。

　　我不大喜歡嘴上抹蜜的人，可也不喜歡嘴上抹糞的人。

　　記住，當別人用棍子揍你的屁股時，千萬不能以牙還牙，用你的屁股去揍對方的棍子。

　　有涵養的人在挨了別人一頓臭揍之後也會發一通脾氣，然後才主動同肇事者握手話別。

　　不要疏遠自己的敵人。應該靠攏他們，緊緊盯著他們的一舉一動。

　　幕後人物更需要舞台。

　　要警惕周圍的人剝你的皮──如果你碰巧是一只桔子的話！

有兩類人十分可惡：一類人從不聽從我們的忠告；另一類人常常給我們忠告。

我們既需要朋友又需要敵人：朋友給予我們幫助，敵人則讓我們施展抱負。

有些人是很難捉摸的：當你認爲他們是朋友時他們則是敵人；當你知道他們是敵人時他們卻像朋友。

我們的失敗使敵人興高采烈而朋友痛心不已；我們的成功令敵人氣急敗壞而朋友內心發酸。

操縱別人是一件很難很難的事，最大的難點是我沒有這個願望。

我們都不喜歡好出風頭的人，因爲他們的一舉一動都在妨礙著我們，特別是妨礙我們出一下風頭。

如果我們每個人都對其他人的一切行爲表示容忍，整個世界將變得不能容忍。

人之所以要長兩只耳朵，是爲了能聽到不同的聲音。

誠實是一塊板子，坦率是另一塊板子。這兩塊板子可以夾得你很正直。

老實是這樣一個東西，舉著它你到處會碰上疑惑的目光。

任人唯親也有不好的一面，那就是親友們一旦反起你來，你是完全招架不住的。

有能力的人願意挑一個好上司，以便將來升上去；沒能力的人願意挑一批蠢下屬，以防將來被人拱倒。

如果你不能成功地阻止下屬反對你，就應該設法讓他們支持你。

選民多是把票投向競選出色的候選人，如同消費者多是購買廣告做得好的香腸。

在兩種情況下必須要小心翼翼：一是老板準備提拔你的時候；二是老板不準備提拔你的時候。

我們的行為應該永遠和老板配合默契：如果老板微笑著拍拍你的肩膀，你應該立即流出幸福的淚水；如果老板正在苦苦思索一個難題，你應該輕手輕腳地溜走。

你指出老板的一條缺點，他就占了一個大便宜，而你日後可能吃虧。

小人物需要闡述自己的看法；大人物的每句話都是看法。

永遠不要爲主席台上的空位子發愁。

經常同傻瓜爭論要冒很大的風險：你雖然一次次獲勝，但智商卻可能每況愈下。

絕不能拿原則作交易。必要時只能將其放棄。

世上最壯觀的景象是隔岸觀火。

祕密是這樣一種東西，我們忍不住將它告訴了別人，同時又苦苦地哀求對方千萬別再往下傳了。

我必須坦率地告訴你：我不喜歡坦率的談話！

默契是一種十分有用的東西，它可以同時讓兩個人不出醜。

人人都有點毛病，因而人人都是好話題。

沒有什麼東西比朋友之間的友誼更珍貴的了：我剛剛被委以重任，多年不見的朋友們就紛紛前來祝賀。

能夠風雨同舟的人們，天一晴卻往往各奔東西。

如果別人當著你的面議論你的長處，要想方設法多待一會兒。因爲你一走話題就變了。

我知道我生活在文明人中間，因爲他們很少公開吵架，而只是在暗地裡互相算計。

如果你見人說人話，見鬼說鬼話，最終是會吃虧的；但如果你見人說鬼話，見鬼話人話，馬上就會吃虧。

好幾年沒見面的朋友聚到一起該是多麼高興啊——要是再多幾年不見面就更好了！

你可以對別人不屑一顧，但是當別人也這麼做時，請不要妨礙人家。

不要總對別人皺眉頭，除非這是你表示友善的習慣動作。

打電話和面對面交談是大不一樣的：在電話裡即使你言不由衷，也不必擔心眼睛裡露出馬腳。

被別人議論並不一定是壞事，並不是所有的人都能得到這樣的待遇。對我們普通人來說，能被別人指指點點也

是一種榮譽。

　　無論是你拋棄了財富還是財富拋棄了你，結果都是一樣——沒人對你大聲喝采。

　　有兩個辦法可以讓周圍的人理解你：一是你遷就他們的理解力；二是讓他們的理解力遷就你。

　　款待人的最高藝術是讓客人吃飽了還不覺得欠你什麼。

　　有兩種人不要理睬：一種是我們根本不想理睬的人；另一種是我們很想理睬但人家根本不想理睬我們的人。

　　對別人的請求滿口答應只是信譽的一部分，而且是其中不太重要的一部分。

　　彬彬有禮告訴別人你是誰；傲慢驕橫告訴別人你是什麼東西。

　　使自己感到自在的訣竅是緊緊盯住別人的缺點。

　　聰明人把對別人的嫉妒放在身後，讓它推著自己前進。

最惱火的事不是你要找什麼人沒有找到，而是找到以後卻發現那個傢伙不是你要找的人。

這似乎有些不大雅觀：我們對小人物指手劃腳，而對大人物點頭哈腰。可是誰能設計出更爲簡單實用的動作？

好撒名片的人使我想起了深秋裡的楊樹。

看一個人不能僅憑印象，因爲有很多人從來不給別人留下什麼印象。

每當你遇到無法忍耐之事而想發脾氣時，我都要勸你再忍一下。如果你忍住了，說明這件事根本不值得你發脾氣；如果你碰巧沒有忍住，那是因爲你機械地理解了我的勸告，沒有能夠多忍幾次。

那個傢伙的身份實在不好斷定：他和大人物在一起時像個小人物，和小人物在一起時又像個大人物。

我很難批評一位笑瞇瞇的下屬：因爲我剛一張嘴他就塞給我一塊巧克力。

比缺點更招人議論的只能是成就。

對於極端自私的人來說，能占別人一點兒便宜總是一

件令人興奮的事，哪怕實際上還吃了一點虧。

被人安慰是一件好事，但總還是不如安慰別人。

給愛虛榮的人留一點面子吧——奪人之美可不是好品質。

理想的交易是這樣一種行為，雙方都最大限度地捍衛自己的利益，同時又絕不肯讓對方吃一點兒虧。

一個正派的推銷員是從不說謊的，對他的話只是需要打點兒折扣。

所有權是個奇怪的玩藝兒，它總是使一些人抓緊自己的東西，想著別人的東西。

責任：一個平時昂首挺胸，出了事卻不得不接受追究的傢伙。

每當別人誇獎我的優點時，我都有點兒心不在焉，因為他們說的那些內容我都反覆考慮過了。

夸夸其談的人裡面也有有點兒真本事的。

當一個人心亂如麻時，最好不要向他提出「快刀斬亂

麻」一類的建議，以免刺傷了他的心。

談判的致勝之道在於選擇對自己最有利的時刻向對方投降。

沈思可以產生詩篇，也可以產生詭計。

如同零是一個有效的數字一樣，沈默是一種明確的意見。

能在各種社交場合應付自如是很不容易的，你不但要記住什麼時候該記住什麼，而且還要記住什麼時候該忘記什麼。

狡猾與聰明的差距不是在智力上，而是在道德上。

憐憫：同情與自豪的混合物。

閉門羹：一頓省錢的待客飯。

外交家口齒伶俐，但講話卻含糊不清。

和一個傻瓜在一起，你可能也是個傻瓜；和一個聰明人在一起，你肯定是個傻瓜。

　　和一個專家談話時，要盡量選擇他所擅長的話題，這會令他大受感動從而增進你們之間的友誼。

　　禮物形為「物」而神為「禮」，所以贈送禮物通常簡稱為「送禮」而不是「送物」。

　　眞誠是世界上最寶貴的東西，輕易示人是不明智的。

　　四面樹敵有一個好處──你的敵人的敵人全成了你的朋友。

　　像天才那樣思考，像傻瓜那樣講話。

　　喜歡交際的人獨處一室時也會親熱地對自己說點兒什麼。

　　旣有美德又有本領的人是很受朋友歡迎的：本領可以幫助別人，美德則批准這一幫助。

　　誠實因稀少而名貴，因名貴而銷路不佳。

　　沈默也有高下之分：長度不適當或不小心弄出聲音都不是好的沈默。

　　旁敲側擊地批評朋友會招來厭惡，直言不諱則導致絕

交。

互相批評大家都有收穫；互相恭維彼此兩手空空。

你必須先在頭腦中慎重地將一個念頭考慮成熟，才能將其輕率地說出。

一個傑出的領導者應該永遠和人民在一起：他苦讀是為了和過去的人民對話；他乘公共汽車是為了和今天的人民交流；他看天氣預報是為了確定明天在哪條街道和未來的人民相遇。

管理無須事必躬親，而應主要靠邏輯和打手。

心胸狹窄的成功者不僅嫉妒別人的成功，甚至嫉妒別人較大的失敗，因為他們害怕自己失去公眾心目中的中心位置。

凡是交流均有益處：兩個完全無知的人坐到一起，至少可以交換一下名片。

對於喜歡嚴肅的人，我們最好板著臉和他們談話。他們即使不把這當作對他們的尊敬，也會當作對他們的認同。

與其刻意展示自己的才能，不如創造條件，讓別人在偶然中驚愕地發現它們。

不要預先說出自己的決心。如果決心沒實現，事後也不說。

說的好不如說的巧，說的巧不如說的少。

我們常常把「壞人」稱作「好人」，而把更壞的人稱作「壞人」。

拜訪朋友之前一定要先通個電話，以防在那裡碰上你的敵人。

不要讓人覺得你不太可笑——那樣未免太可笑了。

交往是一門忽略的藝術。

不要寵著自己的孩子，除非你覺得他比別人家的孩子更可愛。

絕不要和大學教授爭論，否則你就會成為教科書中的反面人物。

對騙子最好的懲罰是同他們講真話，他們會因猜不透

你的意圖而心煩意亂。

　　友誼是一個帶有局限性的名詞，它意味著我們僅僅願意同一部分人保持較為親密的關係。

　　辦事不能只看上級臉色行事。臉色是由多種因素決定的，往往不能真實反映上級的意圖。

　　一個誠實的人雖然不一定要把他心裡想的話全說出來，但說出來的話卻一定是他心裡想的。

　　不能被人理解真是太痛苦了──假如你是一位偉人，而世間所有的人直到你去世時也不了解這一點，你心裡的滋味兒一定是可想而知的。

　　如果別人稱讚你某一方面的優點，你可以及時指出自己在另一方面可能更強，以表示自己的謙遜。

　　動不動就出手打人是小人所為，君子應該站在打架小人的背後。

　　我對上司很有意見──他對工作總是忽冷忽熱：時而認真，時而負責。

　　我對這兩位候選人都頗有好感，因此無論誰能當選，

我都會難過得大哭一場。

每位名人的門上至少應該安四五只門鈴。

只有提高獨處的質量，才能提高聚會的質量。

雲仗風勢，船仗水勢，草木仗山勢，狗仗人勢。

聰明人往往不夠誠實，但最聰明的人都是誠實的。

不要提出和老板不一致的意見——明顯愚蠢的意見除外。

在互聯網上迷路是十分幸運的——你會遇上很多可遇而不可求之人。

當自我表揚成為時尚時，自我批評會收到出奇制勝的效果。

多少人因恐懼他人的議論而不斷修正自己的行為舉止。他們滿意於彼此相像。

對一個奴才來說，每當他的諂媚之術沒能奏效時，便會陷入深深的自責之中：「為什麼我的意見沒能以最貼切的詞語表達出來？」

如果別人說我機靈，我會把這當作恥辱。有出息的人大多呆頭呆腦，或是裝作呆頭呆腦。

如果你對一個人說歷史上有一個像他這樣的人以可恥的失敗而告終，他一定會背向著你揚長而去；但如果你說這個人最終又反敗爲勝，他一定會苦苦哀求你把故事從頭到尾講完。

如果你送給飛黃騰達之人一份厚禮，他在落難之時就會想到你；如果你送給飢寒交迫之士一份厚禮，他在榮華富貴時才拜訪你。

對鄰居不必設防，因爲防不住。

插花是一門藝術，插話是另一門藝術，而且是一門更實用的藝術。

爲我的成功祈禱吧──不過，你要是能幫我一把更好。

如果你凡事都很小心，敵人就很難在你在世時找到你。

有話直說不符合我們文明人的習慣。

和他聊天真是太令人興奮了——他的問題我全答得上來。

我們不願意得罪人的主要原因是怕被我們得罪的人反過來又得罪我們。

批評必須講究方式，讚美不妨信口開河。

一旦你覺得不能勝任現有職務了，要趕快設法升遷。

三個臭皮匠可以頂一個諸葛亮，但六個臭皮匠則必須換算成一個諸葛亮，一個司馬懿。

不要因為某人反對你的意見而大動肝火。如果他和你的所作所為完全一致，世人將把對你的尊敬分出一半給他。

邪惡只會遭到憎恨，善良才能倍受懷疑。

如果你不願意接受我的領導，就應該在我的領導下好好幹，以便將來竄到我上頭去。

上級應該了解下級，下級必須了解上級。

你只有經常睜一隻眼閉一隻眼，才有可能發現更多的

祕密。

只要你有誠意，討好任何人都不是難事。

我們應該這樣對待表裡不一的人：愛其表，恨其裡。

我們應該吞吞吐吐地和那些講話吞吞吐吐的人交談
——讓他們也受受折磨吧！

保持友誼的最好方式是彼此不要介入得太深。

與其假裝明白，不如假裝糊塗。

交酒肉朋友傷胃，交勢利小人傷心。

安慰一個痛哭流涕的人有一個辦法——你要比他哭得
更凶。

在人吃人的社會裡，牙齒好的人大佔便宜。

我們不能僅僅根據上級的臉色行事，當然也不要僅僅
根據自己的臉色行事。

我成名以前天天看見白眼珠，成名以後天天看見紅眼
珠。

　　我的周圍集結著一大批不懷好意的壞人，幸運的是我自己也不是一個好人。

　　最好不要公開指出敵人的缺點，因為這樣很可能幫了他們大忙。

　　爽朗而含蓄的笑聲無疑是很動聽的，也無疑是很難聽到的。

　　根據相貌判斷一個人是不是騙子是極其困難的，一個可供參考的辦法是，你必須到外貌誠實的人當中去找騙子。

　　適時地勃然大怒是一種高明的交往藝術。

　　朋友，讓我們交個朋友吧！

　　富親戚不理睬我們；窮親戚我們不屑理睬。

女人與男人

一個女人要想成爲某一方面的專家是很不容易的——
她必須每天少描兩次眉毛。

如果一個女人的心靈很美，那麼長得漂亮一點兒就不
是什麼了不得的缺陷。

一個未婚女子可以在一晚上闖進五個男人的夢裡。

女人有三張會說話的嘴：一張在鼻子底下，兩張在眉
毛底下。

有些女人只有經過深入交往才能對她們一見鍾情。

一點愛，再加一點口紅，會使一個女人容光煥發。

姑娘們在結婚之前大都笑不張口，她們不願意提前讓
男人知道誰是長舌婦。

青年女子傷心的是那些收入可觀、住房寬裕、善解人
意的中年男子大多已經結婚。

幾乎所有的男人都知道，「妙」字是由哪兩個字組成
的。

正如在女人堆中能看到時裝一樣，在時裝堆中總能看

到女人。

大自然是公正的：容貌秀麗的女性腳下總是有更多的絆腳石。

貨幣會發熱，它能烘乾女人的淚水。

美的概念總是同稀少聯在一起。例如一個姑娘臉上的美人痣，有一顆很好看，有一堆就很麻煩。

只看到女人的缺點說明你不完全了解女人；只看到女人的優點說明你完全不了解女人。

我最恨議論男人身高的女人，因為我矮得聽不清她們在談什麼。

污辱了某一個婦女，你就是個惡棍；污辱了全體婦女，你就是個大男子主義者。

我對女人呼喚真正的男子漢很有同感，像這類十幾天不洗腳、動不動就吹鬍子瞪眼的人確實是越來越少了。

男人在約會時為女友付錢是大有講究的，並不是掏得越慢越好。

給女性開門、讓座是尊重女性的表示；不給女性開門、讓座是尊重女權的表示。

姑娘們應該懂得，一個身材高大的男人可以比矮個子男人高幾個頭，但並不比後者多幾個頭。

男人對三種東西不易理解：時裝、化妝品以及它們的愛好者。

男人在結婚前不僅應該知道女人是什麼，而且應該知道女人要什麼。

單身漢之所以常常心煩意亂，是因為身邊沒有女人打擾他們。

男人是社會進步的火車頭，女人是司機。

得了不同的病，就得去找不同的醫生；你要是牙疼，就不能去找女人傾訴衷腸。

愛情是一個有魔力的房間，跑進去的紅光滿面，爬出來的憔悴不堪。

愛情能使一隻貓快活得像一個皇帝，也能使一個皇帝快活得像一隻貓。

空間使情人互相思念；時間使情人互相厭倦。

男人寫第一封情書時熱血沸騰；寫第二封時字斟句酌；寫其餘的時候照葫蘆畫瓢。

✽
如果你有性別，就會遇上麻煩事；如果你沒有性別，麻煩事會遇上你。

我們人類談戀愛和動物差不多，也是魚找魚、蝦找蝦。

如果年輕人選對象都像挑西瓜那樣，主要是看裡邊熟不熟，那麼婚姻上的很多難題就會迎刃而解。

如果這就是你給我介紹的對象，請無論如何給我換一個；可如果下一個還不如這一個，那我無論如何就要這一個。

婚姻：簽了合同的愛情。

結婚的作用之一是破除對異性的迷信。

愛情猶如一首二重奏，兩件樂器發出的聲音不能完全一樣。

婚姻猶如兩個人之間一場漫長的談話，其間允許爭論、打瞌睡，煩了還可以提前結束。

一夫一妻制有一個優點，那就是夫妻雙方吵起架來誰也占不到便宜。

理想的夫妻結構是妻子是信息工作者而丈夫是倫理學家：妻子搜集別人家庭的衝突事件而丈夫對此進行思索。

兩個文學家最好不要結婚：兩個人都搞文學，誰做飯？當然兩個廚師最好也不要結婚：兩個人都做飯，誰吃飯？

不要輕易相信女人的眼淚，也不要輕易相信她們的鼻涕。但是如果她們朝你臉上吐口水，你應該相信她們真的不高興了。

如果丈夫的愛好是釣魚，妻子的愛好是做魚，孩子的愛好恰好又是吃魚，這樣的家庭是無懈可擊的。

戰爭打碎了多少罈罈罐罐呵——我指的是家庭裡的戰爭！

理想的妻子應該具備兩個條件：一是能拿得出去；二是能帶得回來。

　　道德，以及愛情，使一個男人很輕易地把他的妻子和其他女人區分開來。

　　嫁妝是一個歷史的概念，其內容因時因地有所不同，可以是三五只耳環或幾口袋牛糞。

　　女人猶如嘰嘰喳喳的喜鵲，她們分散了我們的注意力，但是帶給我們愉快的情緒。

　　純粹的愛是存在的，它存在於兩個純粹的異性之間。

　　男老師追求女學生簡直不成體統，但若能得手，倒也是一段佳話。

　　一個老年婦女的悲哀並不是沒有男人打量她，而是沒有男人從遠處偷偷地打量她。

　　對於一個女人來說，阻擊男人的進攻需要意志，截斷男人的撤退卻需要藝術。

　　女人第一次結婚應該徵求父母的意見；第二次結婚應該徵求子女的意見；第三次結婚應該徵求自己的意見。

　　有一天我在大街上發現一個女孩子很有男子氣，仔細打量，才發現這個傢伙原來是個男人。

女人研究哲學利弊參半：她們的身段會因飢餓而亭亭玉立；她們的臉蛋兒會因長老而阡陌縱橫。

對漂亮女人最嚴酷的懲罰是：盡量不看她們，不同她們說話，無視她們的存在。

時裝是女人最好的朋友，也是被拋棄得最快的朋友。

女人主動向男人求愛，失大於得：最大的損失並不是遭到男人拒絕後面子難看——這對現代女性來說算不了什麼——而是無法體會被追時瘋狂逃竄的快樂。

美貌不僅僅是一張皮，它還應包括皮下的全部填充物。

婚姻帶給男人的悲劇不在於他不再屬於妻子以外的其他女人，而在於這些女人不再屬於他。

一個長相平庸但有一口好牙的女人是十分不幸的：為了展示自己的魅力，她甚至在沈默時也必須做哈哈大笑狀。

有的男人是圓下巴，有的男人是尖下巴，但除了他們的女友和警察局，很少有人對此感興趣。

沒有一個女人會因自身修養的提高而變得醜陋，除非她原來的長相極其醜陋。

當一對傻瓜組成一個和諧的家庭時，他們無疑做了一件有利於社會的善事。如果他們分別同兩個聰明人結婚，社會將為此承受更多的不幸。

遇上一位美麗的小姐向你問路是一件好事，找個藉口與她同行則好上加好。

最激動人心的外科手術是把老年婦女臉上的皺紋移植到她們的大腦表面，她們會比現在更漂亮，更聰明，更不好對付。

女人第一次嫁人時羞羞答答，第二次心神不定，第三次老謀深算。

步入老年有一個信號——你所熟悉的女人越來越醜。

過去人們把孩子視作愛情的利潤，現在則視作愛情的稅金。

家庭起了爭端，連老鼠也不知道傾向哪一方。

女人比男人更節儉，因為她們得省下錢來買貴重首

飾。

　　女人是富有同情心的，她們常常爲其他女人的缺點痛心不已。

　　愛情是一道可口的菜，加一點醋會更加可口。

　　有一個辦法可以使你留住身邊的女人──讓她把你緊緊摟住。

　　征服一個女人很難，說服一個女人更難。

　　不要和女明星交朋友──約會時她找你要出場費怎麼辦？

　　婚姻爲女人提供了改善境遇的機會，因此一些女人格外重視婚姻的質量，另一些女人格外重視婚姻的數量。

　　由於生理上的原因，年輕女人大都有點兒反覆無常。這一缺點只有在她們上了年紀以後，才能以古板而令人生厭的形式加以克服。

　　無論哪個女人在餐桌上狼吞虎嚥，我都會輕輕地提醒她：「餓死事小，失節事大。」

我從不對女人評頭品足，而只談論她們的身段。

女人比男人更有自知之明——你看女作家筆下的女人大都有點兒毛病或者婚姻狀況不佳。

女人願意用二十個詞形容一個事物，男人願意用一個詞概括二十個事物。

如果我說女人比男人強，一定會引起很多爭議；如果我說男人比女人強，一定會引起很多抗議。

有同情心的男人應該在不知不覺中虜住姑娘的芳心，突如其來的表白會嚇壞你的寵物。

如果沒有愛情，世界上就會只有大貓，沒有小貓。

男人上了年紀才有聲望；女人一般是先有聲望，然後再上年紀。

人生三難題：思；相思；單相思。

理想的丈夫應該這樣對待自己的妻子：為她承受痛苦，尤其是承受她製造的痛苦。

把一個姑娘帶到一羣小伙子中間，會引起一陣騷動；

把一個小伙子帶到一羣姑娘中間，會引起一陣歡呼。

閱歷豐富的男人令人欽佩；閱歷豐富的女人令人起疑。

電腦擇偶不是一點兒譜沒有——我聽說不少電腦為男性離婚者首選了他們的前妻。

✳

83

女人有婚外戀是不忠實的；男人有婚外戀是不明智的。

夫妻二人在同一天出生是個喜劇，在同一天逝世是個悲劇。

多少男女相配而不相愛，相愛而不相配！

幸福的婚姻在於妻子會做一手好菜而丈夫能掙很多錢買肉。

人穿衣服的重要性可用情書必須裝在信封裡加以說明。

如果你生的是個男孩兒，我會告訴你「男孩兒比女孩好」；如果你生的是個女孩兒，我會安慰你「女孩兒比男孩兒強」。

我討厭喋喋不休的男人，而同情喋喋不休的女人。

他最中意的姑娘是把他甩了的那位。

當男人皺起眉頭時女人就會落淚；當女人落淚時男人則皺起了眉頭。

不要讓剛剛失戀的畫家為你畫像——他會把你的笑臉畫成哭相。

少女的眼淚貴如珍珠，剛剛摔碎幾顆就會令她的情人痛心不已。

我經常告誡我妻子的丈夫要自愛。

一個相貌普通的女人如果長有一對同樣普通的眼睛，會給我們一種總體和諧之感；但如果她長有一對水汪汪的大眼睛，卻會激起我們心靈的不安。我們時而會覺得命運對她的鼻子、嘴巴太不公正，時而會覺得命運對作為整體的她太不公正。

少女以寫情書為樂趣；少婦以洗尿布為樂趣；老女人以對二者嚴肅的回憶為樂趣。

一個養育三個孩子的母親是無暇考慮亂七八糟的事情

的，因為她的腦子已經是亂七八糟的了。

　　選美如選股，要從基本面、技術面和消息面綜合考慮。基本面是看相貌與三圍；技術面看氣質與談吐；消息面則看有無緋聞。

✽
85

　　不幸的男人眼睛盯著漂亮女人，身子卻撞到電線桿子上面；幸運的男人眼睛盯著電線桿子，身子卻撞到漂亮女人身上。

　　我因為喝多了酒而變得語無倫次：我本想讚美女主人漂亮和她做的湯酸得夠味兒，結果卻說成了她做的湯很漂亮而她本人酸得夠味兒。

　　如果一個女人在結婚之前以極其挑剔的眼光審視異性，她就會找不到合適的異性供她挑剔。

　　結婚可以使你免受孤獨的折磨；獨身可以使你免受家庭的折磨。

　　事實是哪裡熱鬧女人就去哪裡，而男人卻誤以為哪裡有女人哪裡才熱鬧。

　　失戀之後最好立即再找一個戀人——就像一顆壞牙掉了之後需要補一顆假牙，否則那個地方總是缺點兒什

麼。

上了年紀依然可愛的女人一定是一個可愛的女人。

研究與思考

如果你不認眞研究點兒什麼，就很難成爲別人的研究對象。

要想當一名優秀的學者，靈活的頭腦和沈重的屁股是兩個不可缺少的條件。

世界上最難研究的就是各種表面現象。

做學問最令人神往之處是系統地研究與指出別人的失誤。

學術研究的前提是詳細地占有資料，特別是占有那些圖書館裡只有一份的資料。

要想成爲某一方面的專家，你必須長時間地盯住一個東西——哪怕是一隻蒼蠅也好！

大部分學者從未提出過任何新穎的思想；小部分學者從未提出過任何思想。

只有那些想得很深很深的人，才能用最淺的語言打動我們。

道理：在學者肚子裡逛了一趟的經驗。

如果一個古怪的思想被大眾所認可，那一定是因為出現了更古怪的思想。

普通人允許隨聲附言，專家卻必須有自己的見解。可是在我的周圍，多少普通人在那裡爭論不休，多少專家又在那裡互相吹捧！

所謂眼光，其實是一種想法。

學術研究的基本功之一是從有用的資料裡找出沒用的資料。

思考是皺眉頭與唉聲嘆氣的代名詞，它本身並不快樂，但是它可以幫助我們找到快樂。

思考的本質是挑剔與尖刻，但有時也需要一點大度。

真理若是一串串鈴鐺就好了，那樣我們在習習微風中就可以將它們找到。

我從不懷疑真理，我只是懷疑這是不是真理！

謬論總是有根有據，真理常常解釋不清。

沒有猶豫，就沒有思考。

如果人們能在一些主要方面取得大致相同的意見，世界本來不需要這麼多的知識。

產生分歧往往不是由於爭論者看到了不同的東西，而是由於他們強調了不同的東西。

記住這一點也許很重要：世界上任何可能發生的事情都可能不發生。

數學使事物之間的關係變得非常簡單，這證明數學很不簡單。

未知數就像一個無賴，你費盡九牛二虎之力找到了它，它卻說它現在不叫未知數了。

相像意味著不是。

藉口要省著用。

理由：藉口的書面語言。

包括漁網在內，所有的東西都有漏洞。

要想做一個沈甸甸的人，就得往肚子裡多塞東西。

選擇就是把你喜歡的挑出來，或是把你不喜歡的挑出來。

任何規律都有例外。這一點沒有例外。

對於觀察來說，角度常常比距離更重要。

事實是這樣一種東西，無論你說它多麼大，它還是那麼小；無論你說它多麼小，它還是那麼大。

空想不是不著邊際，而是越過了邊際。

注意到一種可能性，就會出現另一種可能性。注意到兩種可能性，又會冒出第三種可能性。

自從弗洛依德的學說問世以來，人心變得更難測了。

書並不是越厚內容越豐富：一本薄薄的小冊子可能包括了一部十卷本著作的全部思想，而後者卻沒能包括前者的簡潔。

即使在知識的海洋裡，也只有小鯨才能變成大鯨。

要想成為有用的人，我們必須學習一輩子；可是要明白這一道理，就得用上大半輩子。

如果你能猜對幾年後將要發生的重大事件，你一定是個神仙；如果你猜錯了，沒準兒你是個未來學家。

摘抄：一種從原文中去掉糟粕或精華的過程。

風箏：腦袋指揮不了翅膀的飛行物。

結果：原因惹出來的事。

遺忘：爲了記住最重要的東西而必須具有的素質。

凡是被我們忘卻的東西，大半是因爲開始就沒有記住。

從懷疑開始，你每走一步都會累得滿頭大汗；從相信開始，你一步也走不動。

當需要絕對安靜時，一隻螞蟻的耳語也能壞了大事。

幽默不是違背邏輯，而是提出不同的邏輯。

疑神疑鬼：無神論者必須具有的素質。

複雜：一個很不簡單的傢伙。

　　雜家：一個有著多方面學問的人，他哪一方面的知識也不比其他方面更強。

　　一個想像力豐富的人是學不好歷史的，因為他常常把自己放進已逝歷史的洪流中，從而干擾了歷史以本來面目進入他的腦海。

　　我把一個正確的思想強調到荒謬的程度，是為了說明它的正確是有邊界的。

　　我們總是根據已知的東西推斷未知的東西，由此看來，知道一點點東西該是多麼重要。

　　萬事皆有原因。例如，正因為活人有高有矮，死屍才有長有短。

　　凡是能在一天裡紅起來的東西，也能在一天裡黑下去。

　　那些顧慮很多的人，往往思考很少。

　　如果成熟必須要以好奇心的喪失為代價，我願意更幼稚一些。

　　要想預言準確，就必須說得含糊一點兒。

在大海裡找到一枚失落的鋼針是很困難的，其難度僅次於在針尖上找到一片大海。

閉上眼睛，你或許能看到更多的東西！

謬論只要符合一定的語法規範，就有資格站在眞理的對面。

我們只能用一個字形容那些很占地方，但又裝不了多少物品的東西：淺。

這個辦法眞是一箭雙鵰：旣有利，又有弊。

避免一事無成的最好辦法是趕快先做成一件事。

有時候應付是十分必要的，因爲我們總不能什麼事情都不應付一下。

我是一個不大喜歡矛盾的人，所以一遇到它們總是將其就地解決。

工作中遇到不可解決的矛盾並不麻煩：反正它們也解決不了；麻煩的是遇到那些可以解決的矛盾：那是很麻煩的。

　　預言戰爭的結局是很難的，特別是很難預言哪一方先打最後一槍。

　　語言學家關心國境線是一根線還是一條線，外交家關心它劃在哪裡。

　　有些事情很難辦；有些事情只是很不容易辦。

　　有很多時候向前走一步或向後退一步都不會出事，遺憾的是我們偏偏停住了。

　　只花錢是買不到教訓的。只有既花了錢又幹了錯事才能買到教訓。

　　想問題時頭腦不能太簡單，但如果遇到一個確實很簡單的問題，那可怎麼辦呢？

　　你可以攻擊歷史，也可以拖它的後腿，但你不能獨占歷史，因為歷史是公共財產。

　　成為一個優秀學生的前提是，在邁進學校大門之前，你不要知道得太多。

　　工作中有一個開端是十分重要的，不然從哪裡開始幹？

前進中遇到阻力要盡可能繞過去，以便留出精力對付那些實在繞不過去的阻力。

如果你無法驅散頭頂上的烏雲，緊跑兩步就是了。

在一個事務主義者的眼裡，十件小事的重要性約等於一件大事的十倍。

要想治水，龍不宜太多。

過於謹慎也有壞處，那就是不能在必要的時候魯莽一下。

魯莽：多餘的勇氣。

即使在夢裡，大廈也得蓋一陣子才能立起來。

前進本身並不是目的，但它可以帶領我們找到目的。

如果方向錯了，倒退就是前進。

失敗既然是成功之母，那它就免不了要遇到肚子疼或自然流產之類的麻煩。

特色有兩方面的含義：一是別人沒有的你有；二是別

人有的你沒有。

如果你一生都沈默不語，認爲你不會說話的人一定很多。

要使你的講話盡量短一點，一直短到別人認爲再短下去就不像話了。

如果你經常處理非常重要的公務，你的膽子會變得很大；如果你經常處理雞毛蒜皮之類的小事，你的膽子會變得更大。

管好一個單位是很容易的：讓好人管住壞人，你管住好人就可以了。不過，你必須還得讓幾個壞人再管住你。

給下級布置工作應該在嘻嘻哈哈中進行，以免讓他們感到壓力太大；和他們娛樂時卻要一本正經，以使他們懂得幹任何事情都要嚴肅認眞。

分歧是辯論的起因，又是大多數辯論的結果。

請諸位討論一下我的提議：本次會議不討論任何提議！

旣然木已成舟，我也只好下水了！

　　有兩個辦法可以使你放棄一個苦惱的念頭：一是去想一件愉快的事，二是去想一件更苦惱的事。

　　最保險的言論是一段引文——不過你千萬別引錯了！

　　你的這一著棋非常英明，只是由於早走了一步而導致滿盤皆輸！

　　對於頭腦冷靜的人來說，事情即使亂成了一鍋粥，他們也會從容不迫地先喝上一碗，然後再去尋找解決問題的辦法。

　　自由是對束縛的束縛。

　　與其說悖論是眞實世界的荒謬反映，不如說它是荒謬世界的眞實反映。

　　作爲一個專家是很累的：普通人哈哈大笑時，他們必須瞑思苦想；普通人昏昏欲睡時，他們必須大聲呼叫；普通人不拘小節時，他們必須道貌岸然。

　　技術進步是永無止境的，早晚有一天我們要把發電廠和大煙囪建到每一顆星星上。

　　在經濟理論研究中，數學模型是一種十分有用的工具

——靠著它們的幫助，我們幾乎可以得到任何我們希望得到的結論。

幾乎所有的命題前人都已經說過，令人慶幸的是他們沒能以所有的形式說過。

思想好比紙幣，對面值大的要格外愛護與留意。

欣賞景色用不著急行軍。

不要把今天就能辦到的事情拖到明天去辦；也不要把明天才能辦到的事情拖到今天來辦。

時間是一個有用的發現，它使我們在制定任何計劃時都增加了一個必須要考慮的因素。

以中庸之道行事是十分危險的，因為稍不留神就會偏左或是偏右。

如果你想尋找最聰明與最愚笨，最幸福與最不幸的人，到我們學者中間來吧！

未來學家：一種很有學問的人，他們說的話不需要有根有據。

在著書立說時，你沒必要引用太多的數據，特別是沒必要引用那些同你的結論相牴觸的數據。

哲學家是對人類的苦難保持鎮定，而對人類的歡樂大加指責的人。

真理常常是血淋淋的，很少是笑瞇瞇的。

地質學家與天文學家的區別是，前者經常頭朝下，後者經常頭朝上。

今天的學術界有一個特點：有思想的人很多，思想卻很少。

當專家的意見一致時，普通人是教育的對象；當專家的意見對立時，普通人是爭取的對象。

一個理想的哲學家必須具備如下條件：他的氣質是高貴的；他的頭腦是聰慧的；他的好奇心是旺盛的；他的妻子是嘮叨的。

當一切都合乎邏輯時，想像的東西具有更大的真實性。

當世界上最後一位重要的思想家逝世以後，一些不那

麼重要的思想家將會從中受益。

這篇集中了集體智慧的文章之所以言之無物，是因為眾人的智慧被互相抵銷了。

記憶、判斷與推理之間有一種天然的聯繫，只有想像的魔鬼才能把它們偶爾分開。

統計報告是十分有用的，它們至少可以提供幾個值得商榷的數字。

真正的思想家應該是一隻燃燒著翅膀的飛鳥——以悲壯的形式照亮天空。

悲劇告訴我們某種必然性，喜劇教會我們如何面對它。

沒有痛苦就沒有經驗，沒有經驗就沒有思考，沒有思考就沒有痛苦。

天才懼怕奉承和鼓舞。同打擊、仇視、孤立不同，鼓舞是一種對天才的扼殺。

一個民族先進與否主要取決於天才人物的水準；而它的落後程度則受制於大眾的愚昧。

生物學讓我們和猴子彼此接近；社會學讓我們和它們保持距離。

天才的標誌之一是對瑣碎事物的麻木不仁。

經商的主要風險是賠本；從政的主要風險是下台；思考的主要風險是撞上不合時宜的思想。

小道消息能夠豐富文學家的想像，耽誤歷史學家的考證，干擾哲學家的思索。

我希望偉大的思想家暫時停止一下他們的思考，以便我們能觀察到這個世界如果沒有他們會是什麼樣子。

在一切科學研究中，比題目更重要的是方法，比方法更重要的是膽量，比膽量更重要的是題目。

一部分人認為理學是智慧的；一部分人認為理學是荒謬的；沒有人認為理學是有趣的。

真正的文章總是從「但是」後面開始的。

你最好不要批評我的著作，因為它基本上是由引文組成的。

經濟學是一門十分幽默的科學，因為它的很多定理都能引起我們發笑。

如果工作的時間太長，眞理也會熬不住的。

有學問的人有時也會改變主意。當他們放棄初始的想法時，便意味著他們肚子裡的學問總量及其構成比例發生了某種變化。

記憶有兩個祕訣：一是重複；二是對重複的重複。

給一個思想家畫相時，別忘了畫上他的眼睛。

複雜和簡單好像冤家對決：每當我頭腦簡單時，面臨的問題總是十分複雜。

讀書要旨：記住該記住的，忘掉該忘掉的。

獨立思考——哪怕它顯得很蠢。

苦悶是一切新思想的搖籃。

文化與體育

文學之路崎嶇一點倒沒什麼，問題是上面擠著的人太多。

閱讀文學作品是很難使人墮落的，除非你碰巧經常閱讀墮落的文學作品。

有的作品只有文學價值而沒有商業價值；有的作品只有商業價值而沒有文學價值。我的作品達到了二者高度的統一：既沒有文學價值，也沒有商業價值。

描寫鰥夫的作品之所以少得可憐，是因爲女作家對他們知之不多而男作家對他們不感興趣。

想生動地描寫一個美食家嗎？你應該從他的滿嘴假牙開始。

短篇小說和長篇小說的區別是前者比後要多少短一些。

我們把一種兒童看了微笑、成人看了冷笑的書叫「童話」。

武俠小說之所以魅力無窮，因爲在它裡面任何不可能發生的事情都可能發生。

《伊索寓言》真是一本好書，它既提醒我們警惕像豺狼一樣的惡人，又不反對人類吃牛羊肉。

普通人與名作家的區別是前者在紙上亂畫時沒人鼓掌。

大作家寫出任何東西都是值得稱道的：如果他們寫出了大作品，證明他們偉大；如果他們寫出了小作品，證明他們謙虛。如果他們什麼也不寫，證明他們的謙虛何等偉大。

作家寫什麼題材的作品要因人而異：記憶力好的可以寫童年趣事；想逃避現實的可以寫鬼怪妖魔；準備改行的可以寫求職啟事。

性子太急當不了大作家，你必須學會等待。有不少大文豪在生前默默無聞，他們的作品基本無人知曉。直到他們死後一兩千年人們才開始猶豫是不是也研究一下他們。最初的研究結果卻表明他們是不值得研究的。要想推翻這一結論，常常還要等上三五百年。

文學作品的創作需要經歷三個階段：一是酣暢淋漓地把你的想法潑在紙上；二是絞盡腦汁兒地把它推銷出去；三是千方百計地請人批評一下。

文學創作的兩個前提是：一是你要有投入創作的材料；二是你本人是塊搞創作的材料。

看蹩腳的詩集有一個好處，那就是你也想寫上二三本。

僅僅經得起推敲還不是好詩，真正的詩要經得起鍛打。

現在新發表的詩越來越不像話了，倒是有點兒像詩了。

詩評家的責任之一是讓熱血沸騰的詩人們時不時打個冷戰。

我對一位專門研究我的作品的學者說道：「您今後有沒有出息，就由我說了算了！」

小說中使讀者緊張的情節並不是懸念，使讀者顧不上緊張的情節才是懸念。

翻譯外國作品時至少要用一隻半眼睛盯著原文。

一個老練的翻譯遇到不懂的句子絕不硬譯，而是小心翼翼地從上面跳過去。

讓李白和莎士比亞愉快交談的譯員至今還沒生出來。

如果每一位作家都慢慢回憶起自己也是一個讀者，好書就會迅速多起來。

廚師要知道食客的口味兒；垂釣者要知道魚兒的口味兒；作家要知道讀者的口味兒。

不同的行業有不同的樂趣：演戲可以成名；經商可以致富；寫作可以安貧。

蹩腳的文學作品常常是簡單地圖解政策，更蹩腳的文學作品則是複雜地圖解政策。

如果你的氣質很好，禮儀學校的教師就會教你如何把它展現出來；如果你的氣質很糟，他們就會教你如何把它隱藏起來。

藝術是天份、耐心與魯莽的混合物。

學過十年美術可以畫螞蟻；學過一年美術可以畫大象；學過三天美術可以畫宇宙。

二流畫家與一流畫家的區別是，前者畫出的葡萄不帶汁兒。

浪漫主義者有權把月亮想像成一個正方形，然後再用想像的銼刀把它銼圓。

我至今仍固執地認爲，書法的主要魅力在於它的空白。

這個啞劇呱呱叫。

在所有的悲劇中，我最喜歡喜劇，因爲它是惹人發笑的悲劇。

我喜歡京劇和流行歌曲：京劇是昨天的流行歌曲；流行歌曲是明天的京劇。

讓一個名演員飾演小角色是很大的失策，他會因這個角色過小而力不勝任。

影片中的反面人物是很容易飾演的：如果你演得像反面人物，說明你對角色的把握很有分寸；如果你演得不像反面人物，說明你取得了重大的藝術突破。

音樂不僅僅是組織得很好的聲音，它還是一閉上眼睛就能看見的圖畫。

交響樂是一種寬宏大量的樂曲，因爲它允許不同的樂

器以不同的方式和音色在同時演奏。

如果音樂也不能使你沈默，那麼你不是瘋子就是歌唱家。

歌唱家最鍾愛他們的嗓子，其次是他們的腦袋。

世界上只有三種人懂得朦朧美，他們是詩人、藝術家和醉漢。

借來的小說通常能更快地讀完。一個類似的例子是，別人的妻子更迷人。

沒有任何一個句子是不可修改的，除非你已經把它刪得一字不剩。

有魅力的書常常是一些莫名其妙的作品：你不讀它們就睡不著覺，可讀了它們還是睡不著覺。

我編纂專題文集時一向找最具代表性的作品，這就是為什麼我挑選的東西大都平淡無奇。

一個普通人剽竊了名人的作品，叫作「不知羞恥」；一個名人剽竊了普通人的作品，叫作「不可思議」。

作品的簡潔使我贏得了大量讀者，損失了不少稿費。

讀者像眾星捧月一樣擁戴我，我當然知道很多星星實際上比月亮還大。

對於不同的書籍，我們應該汲取不同的營養：就像對於植物，我們有的食其根，有的食其皮或果，有的則用來熏蚊子。

一本書的厚薄取決於兩個因素：一是有用內容的多少；二是廢話的多少。

現在的辭書簡直多如牛毛，你根本沒辦法挑出自己喜歡的那一根兒。

現在的書店主要經營兩類書：一類是書店竭力想賣出去但沒人願買的書；另一類是讀者想買但書店無貨的書。

不要相信周末小報上沒有圖片的新聞；也不要相信它們的圖片。

幾乎所有的教科書都直接或間接地指出，你在看到它們之前，無疑是一個十足的傻瓜。

克服自身局限性的方法有兩個：一是盡可能多出去走

走；二是走累了回來讀書。

出書不能太容易，否則就沒人願意寫書了。

把編輯和作者的關係說成是貓鼠關係是極不恰當的：我從未見過哪一隻老鼠提著點心到貓窩裡去拜訪。

我並不指望出版社的編輯一眼就能看中我的稿子，那樣的東西早就有人寫好了。

去買暢銷書吧——如果你買到了有用的書，就增長了知識；如果你買到了沒用的書，也可以增長見識。

報紙的構成要素是：紙張、油墨、廣告，以及新聞。

一個優秀運動員應該在有把握贏的比賽中一定贏下來，有把握輸的時候卻不大順手。

比賽失利後你最好承認失敗但不甘心失敗，而不要甘心失敗卻不承認失敗。

體育明星是這樣一種人，他們走到哪裡，哪裡的秩序就不好維持。

我是勇於解剖自己的——我是一個很糟糕的擊劍選

手。

　　最激動人心的創造發生在剛剛進球的足球場上和醫院的產房裡，因為它們都伴隨著大喊大叫。

　　在觀看一場旗鼓相當的足球比賽時，我常常把寶押在裁判身上。

　　輸了球的球員應該向那只足球學習；雖然它也一肚子氣，可是卻默不作聲。

　　象棋大師不僅要知道每個棋子在某一盤棋裡有什麼用，而且要知道它們在這盤棋裡沒什麼用。

　　我的棋藝糟糕透了，這使我在和高手對弈時總是鎮定自若而他們卻心煩意亂。

　　在陽光明媚時外出散步是很有好處的，它可以使你吸收更多的紫外線而有益健康；在沒有陽光時外出散步也是很有好處的，它可以使你免受更多的紫外線照射而不至患上皮膚癌。

　　我不喜歡玩老鷹捉小雞的遊戲：如果我當小雞，就有被老鷹捉住的危險；如果我當老鷹，實際上根本享受不到吃小雞的樂趣。

有時候一個棋子處在什麼位置比它是什麼更重要。

小橋流水描千遍，大江東去一筆成。

藝術家若想有所作爲，必須身體強健，或是病得很有特點。

垃圾與藝術品之間的界限越來越模糊了：很多垃圾堆裡都能找到一兩件藝術品，而大量的藝術品又只是垃圾。

作家不應該僅僅滿足於把偉大的歷史事件變成小說出版，而應該努力把自己小說的出版變成偉大的歷史事件。

詞藻華麗未必是上乘文章，可是沒有這些東西又會被人疑爲不會寫作。

很難說文章經過改動就會變好，但若想變好就必須多加改動。

改變世界的書籍通常會有如下命運：它在開始時無法出版；出版後銷路不好；暢銷後受到普遍批評；公衆接受它時，作者已在墓地裡鼾睡不起。

一個沒有女學生的大學要想收到好的男大學生是很困難的，要想收到壞的男大學生是不可能的。

最逼眞的模仿也仍然是模仿。當帕瓦羅蒂模仿他自己時，我們也會聽出小小的破綻。

名人的言論如果風趣，就會成爲名言；如果枯燥，則會成爲文獻。

沒有書看找書看，找不到書看寫書看。

我小時候被告知，在大庭廣衆之下吹口哨無異於流氓行爲。今天我才知道吹口哨還是一種表演藝術。在蔑視現有秩序方面，流氓和藝術家可以結盟。

我常常先寫評論後讀作品，以免被作者牽著鼻子走。

一個大學教授應該靠智慧而不是炯炯有神的雙眼傾倒學生。

詩不能抽去愛，猶如愛不能刪去詩。

我希望文學是一個經常和我打賭的女人：如果我贏了，她必須讓我吻一下；如果她贏了，我必須讓她吻一下。

最好的圖畫都有聲音，最好的樂曲都有顏色。

翻譯的最高原則是「信」——翻譯拙劣的外國散文時，必須要用同樣拙劣的漢語表達出來。

因風格怪異而引人注目是令人羨慕的；因風格平實而引人注目是令人驚嘆的！

用詞不準可以寫散文；用詞準確可以寫啓事；用詞極其準確才能寫藥品說明書。

不僅偉人會犯錯誤，而且人民也會犯錯誤。當人民正確時，作家應該爲他們吶喊；當人民錯誤時，作家應該朝他們吶喊！

人們衡量不同體裁的作品使用的是不同的標準。很多讀者容忍水份很多的散文，卻要求格言必須是乾巴巴的。

稍稍跑一點題的文字會被讀者視爲神來之筆。

風格是當代作品中極爲少見的東西，它們僅僅在評論家的文章中才大量出現。

每一種新穎說法的背後都隱藏著大量枯燥的勞動。

大師們敍述問題總是有所保留，因爲他們深信自己的知音尚未出現。

文學格言：創作需要激情；發表需要人情；獲獎需要交情。

在所有的冒險活動中，翻譯詩歌無疑是最大的冒險。

我很喜歡女作家寫的散文，因為她們能把毫無意思的東西寫得很有意思。

只有在寫作中形成自己的風格，你才能在自己的風格中寫作。

小說裡的哲學應該是作家無意中裝進去而被評論家有意挖出來的。

為取悅大眾而寫作，大眾就會對你微笑，而對你的書皺眉頭。

蘇東坡將「三光日月星」對成「四詩風雅頌」固然不錯，但若能對出「八旗滿漢蒙」就更好了。

孩子們學習時經常為一個漢字包含的意思過多而苦惱；如果他們以後不幸成為詩人，又會為每個漢字包含的意思過少而苦惱。

莎士比亞只能有一個，第二個莎士比亞的出現，只會

改變天才人物的供給同社會需求之間的比率，不會增加任何社會財富。

　　文學是渲洩煩惱的藝術；婚姻是忍耐煩惱的藝術；哲學是尋找煩惱的藝術。

　　風趣與嚴肅不是對立之物，它們應該互相補充，彼此服務。

　　僅有差錯還構不成風趣───一定要錯得恰到好處。

　　文學是在想像的框架中塗上幾道看起來眞實的油彩。

　　談話中的嘮叨令人生厭；寫作中的嘮叨是一種值得研究的風格。

　　調皮的孩子違反校規；活潑的詞彙戲弄語法。

　　小孩子和老年人的言辭都是樸素的：小孩子還沒學會華麗的詞藻；老年人因吃過它們的虧而不使用它們。

　　親切而囉嗦，是白話文的兩大特徵。「律己宜帶秋氣」，譯成白話文是「對待個人主義要像秋風掃落葉一樣」；「待人宜帶春氣」，則變成了「對待同志要像春天般的溫暖」。

評論家們的影響力總是大大高於他們的鑒賞力，這是我們重視他們的原因之一。

反駁著名評論家的意見是十分愚蠢的。他們中的個別人會專門以挑剔你的毛病爲樂，使你戰戰兢兢地度過餘生；而他們中的大多數人會以沈默爲武器，使你徹底失去知名度。

評論家：能準確區分出作品的好壞同時能寫出壞作品的人。

高中生會寫詩，大學本科生和碩士生會寫散文，博士生雖然什麼作品也不會寫，但是能發表系統的文學見解。

即使是老生常談，也要力求說得新穎。

作家有如動物，有的貴在羽毛，有的貴在內臟，有的貴在排泄物。

寫文章要像大人物發布指示那樣簡潔，像小人物求人辦事那樣誠懇。

一首好詩應該使人讀了以後不住地發呆。

我爲了在作品中生動地描寫一個醫生而挨了他十幾

刀。

一部作品如果能被做出各種各樣的解釋，它就可以傳諸久遠。

藝術非因有魅力而獨特，而因獨特才有魅力。

用清晰的語言無法表達的情緒，卻可以用含糊的音樂表達清楚。

成為文物的首要條件是耐得住寂寞。

要想使古建築重放光彩，就得給它們多塗幾層油漆。

鋼琴之所以不好彈是因為有幾十個鍵而我只有十根手指頭。要是它有十個鍵而我有幾十根手指頭就好了。

你問我什麼是朦朧美——大概是霧裡看花吧！

一個編劇要善於發現生活中各種現象之間的聯繫。如果他發現不了這樣的聯繫，也應該編造出這樣的聯繫。

一個電視連續劇的編劇必須要有很好的耐性——無論觀眾怎麼著急，他不能著急。

音樂永遠不會過時。過時的是曲子。

和悲劇相比，喜劇更接近世界的本質——世界上總有些事情不太可悲，但卻沒有一件事不或多或少具有可笑的因素。

✳

123

表演要盡可能地自然，但不要自然得忘了你是在表演。

攝影是一門挽留時間的藝術。

蹩腳的藝術品是這樣一種東西，它們比生活本身還要糟糕。

當所有的道理都講不通的時候，我們便進入了藝術的領地。

成熟的藝術家以其全部精力呵護著自己的風格——不要走樣，不要走樣——除此之外，我們還能指望他們做些什麼呢？

如果你的鄰居剛剛去世，挖掘他的墳墓是不道德的；但如果他已去世千年以上，掘墓就是一種科學考察。

研究美術史應該從一個小男孩尿濕的牀單開始。

音樂證明人的靈魂是起伏不平的。

一件文物的現行價格減去它古時候的價格以後還應該有一個差額，這就是時間的價格。

❀

當一個好畫家真不容易，如果畫一個人的後腦勺，你必須把自己畫五官的特長隱藏起來。

舞蹈是一種意味深長的藝術，它通過形體活動提醒我們人類源自何種動物。

那個本色演員痛苦到了極點：導演明明知道他品行不端，卻偏偏讓他在戲裡扮演一個正人君子。

在雕刻藝術家看來，核桃的可愛之處全在於它有一張又厚又硬的賴皮。

沒有猜出來的謎語有如一個待嫁的姑娘，能夠引出無數人的煩惱。

影片中男女主人公戀愛時，總要說出自己的服務特色，如：「我要伺候你一輩子」，「我保證不讓你受別人欺負」之類。

怪不得現在有一股文化熱，因為坐下來喝口熱茶也是

文化。

一個老編輯的遺囑：「我的碑文刻好之後，至少應該校對三遍！」

如果我沒看昨天晚上的電視新聞，怎麼會知道三年前又出土了一座漢墓？

水準極差的書籍卻在大量印行，這使我想起低等動物依靠過量繁殖而使物種得以延續。

書裡擠不出血來——帶血的書除外。

只要能夠暢銷，誰不願意寫得高深莫測？

讀書有如打架，不能長著者志氣，滅自己威風。

我總是到圖書館去看沒人借閱的圖書，以便找出那些使眾人對它們不屑一顧的段落。

編字典並不是把很多字堆在一起，而是讓很多堆在一起的字散開，再整整齊齊地排好隊。

那個記者真是太幸運了——他又探訪到一條壞消息。

好消息是好新聞，壞消息是更好的新聞。

如果我的觀點和別人的一樣，是因為我受到別人的啓發；如果別人的觀點和我的一樣，是因為我受到別人的剽竊。

奧林匹克運動顯示出，我們人類有決心縮短和動物之間的差距。

一個人出去打獵要提防猛獸的傷害，兩個人出去時還得提防朋友的獵槍走火。

沒有一個天才在教室裡長大，卻有很多天才在教室裡死亡。

要盡可能多給小學生留一些家庭作業，一直多到他們做完之後還想再做為止。

教育有兩個基本功能：一是從外部把正確的東西灌輸到人體之內；二是誘使正確的東西從人體內部不斷釋放出來。

教育的目的不是讓孩子們彼此相像，而是讓每一個孩子在成長之路上更像他自己。

教育使人三思而後行。

沒有一門語言能夠被「學會」，它只能被「用會」。

法律維持街區的秩序，教育激起心頭的紛爭。

語言學家說每一個漢字都是一塊帶有大量信息的集成電路。我已經認識好幾千個漢字了，可仍然不知道什麼是集成電路。

沒受過教育的人被別人認為無知；受過教育的人被自己認為無知。

作家改變駕輕就熟的文體是令人痛苦的，就像企業家被迫放棄用得好好的商標。

使用樸素的詞彙並不難，難的是讓他們活蹦亂跳。

母親有時也打自己的孩子，但是絕不允許別人代勞。作家願意反覆修改自己的作品，但是如果別人不小心指出其中的毛病，他們總是怒火滿腔。

模仿並不容易，創造更不容易，有創造性的模仿最不容易。

藝術家感到彆扭的不是他們不適應這個世界，而是這個世界不適應他們。

如果演說中最寶貴的是停頓，那麼最後一次停頓無疑是貴中之貴了。

❀
128

寫詩不分行至少是缺乏經濟觀點。

實力派歌手讓我們大飽耳福，偶像派歌手讓我們大飽眼福。

我曾經有一個美好的願望，讓所有的正常人都成為詩人；現在我有一個更美好的願望，讓所有的詩人都成為正常人。

一則寓言的寓意是否深刻，大半取決於它的作者。

區分唐詩和宋詞的最可靠方法是弄清楚作品的寫作年代。

一本書寫到這樣的程度就算成功了——讀者像搶購衛生紙一樣一捆一捆地從書店裡往家買。

我認識一對夫妻：他們因讀書而相識；因借書而相愛；因著書而成婚；因出書而散伙。

我最喜歡這樣的評論家——他們能使我對自己作品的魅力大吃一驚。

編輯把我寫的《什麼是女人》改成了《女人是什麼》，以便讓讀者第一眼就看見「女人」。

一位西方漢學家深刻地指出，中國人的屬相具有一種固定不變的特性，譬如一位屬狗的人士到了貓年依然還是一條狗。他的見解無疑具有重要的學術價值。

我對我們書店的員工說，我們必須小心翼翼地為讀者服務，因為買我們圖書的讀者中間沒有傻瓜。

如果有個戴眼鏡的人問農民：「蘿蔔長在地裡還是樹上？」這個人肯定不是採訪農業新聞的記者。

衣食與住行

我看不出一塊錢有什麼用，一萬個一塊錢才是一萬元！

我頭半個月是花花公子，後半個月是經濟學家。

錢的威力在於，不管你有什麼信仰，都必須表明對它的態度。

身無分文的人偶爾也去去銀行，以滿足一下他們的好奇心。

如果沒有錢，經商就是一句空話；可商人若是一句空話沒有，他們的錢從何而來？

貨幣上若能印滿詩行就好了，那樣赤裸裸的現金交易便同時具有了詩意。

以看書之心看錢，賺錢時便前思後想；以愛錢之心愛書，讀書時方起早貪黑。

如果你沒有抽象能力，做飯時就必須要和柴米油鹽與鍋碗瓢盆打交道；如果你有這種能力，做飯時只需和食品、炊具打交道就可以了。

羊肉和蘿蔔的差別不但不妨礙它們燉在一起，反而有

助於這一點。

細菌不幸被我們吃掉以後，我們不幸得了重病。

冰淇淋的主要價值是讓毀掉它的人冷靜一下。

馬鈴薯：學者嘴裡的土豆。

要想吃得有味道，最重要的一點是不能什麼都吃。

一瓶葡萄酒能製造一次美妙的回憶；五瓶葡萄酒能製造一次難堪的回憶；十瓶葡萄酒能製造一次可怕的回憶；二十瓶葡萄酒能使你失去任何回憶。

品嘗美味佳餚要以恰到好處為是，而最難的也正是這一點。

宴會：一頓吃得很不舒服的飯，因為你不能穿著拖鞋、哼著小曲兒享受它。

吃宴席最麻煩的是你必須要和別人配合默契：如果別人吃得很慢，你就不能狼吞虎嚥；如果別人搶著吃好菜，你也不能過於斯文。

有兩種人不能稱之為會喝茶：一種人是什麼茶都喝；

另一種人是什麼茶都不喝。

茶壺：泛指從早到晚離不開茶水的人。

遊園時要盡可能穿得漂亮一點兒，因為我們遊人也是公園美景的一部分。

如何打扮自己真是一件難事：如果穿戴新潮，就會遭人議論；如果衣衫襤褸，又會被人瞧不起；可要是一絲不掛，則會被人圍得水泄不通。

要想在公共場所著裝得體，繫一根領帶是很有必要的，繫一根腰帶也是很有必要的。

有三種人反對裸體運動：怕羞的人，怕冷的人和時裝店老板。

上帝經常改變身份：在有的商店裡他是顧客，在有的商店裡他是售貨員。

路燈對盲人的用途是可以使別人不撞上他們。

旅途中碰上新鮮事兒是很有意思的，哪怕這些事兒實際上不怎麼新鮮。

縮短旅途的辦法之一是把你的鄰座變成一本書。

旅行者把一切煩惱都留給了佛門淨地。

失眠是很痛苦的，它使我必須再處理一次白天所遇到的麻煩。

現在的便宜貨越來越多，我不得不為此花掉更多的積蓄。

對我們普通人來說，恐怕沒有誰會認為哲學比褲子重要。但是對一個哲學家來說，問題可沒那麼簡單：當他有褲子穿的時候，他會認為哲學比褲子重要；當他沒褲子穿的時候，他會認為找到一條褲子是最重要的哲學。

作夢是一件非常有意思的事，因為在夢裡買東西不用付錢，或者雖然付了也不是真付。

邊疆：一塊讓國防部長睡不好覺的地方。

一個重大的歷史事件、一次人生中的重大挫折可以使我們徹夜難眠；一隻闖進蚊帳裡的蚊子常常也能擔此重任。

故鄉是個好地方，可那裡的洗腳水也不好喝。

溫度計的作用是告訴我們世態炎涼。

沙漠裡的居民不願意拿天氣作爲話題——那種乾巴巴的題目有什麼好談的？

城市的精美絕倫使住在裡面的人煩透了！

在今天的大城市裡，沒有顏色的空氣已經很難看得見了。

那家工廠排出的濃煙爲萬里晴空增色不少。

那座城市簡直是烏煙瘴氣——市政府的大半財政收入來自捲煙廠交納的所得稅。

污染環境是犯罪行爲，而環境污染則是我們爲發展經濟必須要付出的代價。

我們完全沒有必要擔心天上的星星會同時落到地面上，因爲它們同地球之間的距離是遠近不同的。

樓前天線，散爲漫天蛛網；枕上汽笛，喚起半窗黑塵。

文人下海：賺錢自然可喜，賠本亦是悠然。

市人以畫幅爲山水，農民以山水爲畫幅，商家以訂單爲山水畫幅。

技術的威力在於，它能使每一個漢堡包的份量分毫不差，而讓大大小小的肚子去遷就它們。

現代社會就是品牌社會。一條身價兩百元的黃牛萬萬沒有想到，用它的皮做成的腰帶每條可以賣到兩千元。

公園的景物是綠草、鮮花和女人，遊人則是男人。

造型藝術的成就高低是看它勾引到多少人在上面塗抹「某某到此一遊」。

建築當然可以幽默，但必須符合力學原則。

鄰里之間用籬笆相隔十分明智，它們既明確了產權界限，又允許友誼的春風往返穿梭。

音樂和購物優惠券使我們手舞足蹈。

如果你經常不按時吃飯，就必須按時吃藥！

投資家應該受到重視。正是他們一個又一個的決定帶給我們這些工薪階層無限的興奮與心酸。

一個壟斷性企業如果像競爭性企業那樣定價，第一，它的董事會是可敬的；第二，這件事是不可能發生的。

很多市政機關都有類似的規定：小商小販嚴禁入內，富豪大賈熱烈歡迎。

✳

在市場經濟中，如果你不拚命追求自己已經不需要的東西，就會保不住自己需要的東西。

土地是無價之寶，它應該賣得貴一些。

顧客是市場裡最難對付的人。有時候我已經把一件物品的價格壓低到一分錢，他們仍然激烈地和我討價還價。當我最終決定無償相贈時，他們又會提出妥善包裝的要求。

成功的廣告恢復了吹噓的名譽。

百萬富翁們是這樣對待他們的開支的——對於十萬元以上的支出，他們常常大筆一揮，瀟灑至極；對於五元錢以下的支出，他們卻是慎之又慎，反覆推敲。

吃兔子最好在它剛咽下一根胡蘿蔔的時候，這樣你吸收的營養就比較全面了。

令我大惑不解的是，那個津津有味地吃著烤羊肉串兒的姑娘居然說她討厭燒死屍的味道。

對外貿易不僅交換了不同國家的資源和勞動，而且交換了人民的愛好。

只有兩個消息能使投資家睡不好覺：一是虧損；二是贏利。

所有商品的價格都有水分，商人將其尊稱為「利潤」。

個人的嗜好只是嗜好，時代的嗜好卻是商機。

如果你想知道向老年人推銷一件新產品有多累，就去赤手空拳卸一車煤吧！

這家商店的經營方針是以盡可能少的微笑賺取盡可能多的利潤。

不要穿著舊衣服進大飯店，否則那裡的警衛會一直盯著你，直到你幹出一件壞事為止。

要是你想發發汗，就把這盒罐頭打開吧！

托兒所是世界上最應該重視小事情的地方。

仁者見山，智者見水，環保主義者滿眼垃圾。

科學使我們的生活發生了重大變化：過去我心情不好時就讀勵志格言，現在則去醫院驗血查尿。

百萬富翁們珍惜每一塊錢，不是生活上的需要，而是信仰上的約束。

缺少智慧可由知識補償；缺少愛情可由娛樂補償；缺少貨幣可由淚水補償。

貨幣真是一個好東西，它可以平息家庭內部一次次的騷亂。

如果我們捨得多餵一些蔥、薑給羊吃，以後再吃它們也就不覺得膻了。

雞毛蒜皮：兩種無用但又天天沾在大部分人嘴上的東西。

隔靴搔癢雖然不大管用，但在大眾面前卻顯得很有教養。

如果你能從一塊金子裡弄出一塊馬糞來，你的工作是很有價值的；如果你能從一塊馬糞裡弄出一塊金子，你的工作是極有價值的。

過馬路時要盡量走得慢一點，但不要慢得讓汽車躲不開你。

由於文化的不同，避孕套被分別定義為健康用品、娛樂用品、牀上用品或違禁物品。

胖人在三個方面不受他人歡迎：妨礙他人視線；擠占他人空間；折磨他人對美的追求。

葱和薑正是由於味道太怪才被我們選作調料的。

每一門職業都有令人不快的一面，有些職業的每一面都令人不快。

錢有很多用途，特別是能節省時間，所以我一有時間就去賺錢。

我最恨百元大鈔——我常常把它們當十元錢花掉。

出門旅行要帶上三樣東西：錢、身份證和愉快的情緒。

魚要吃活的，但最好不活著吃。

這個遊樂場裡一定有鬼——我每笑一次錢包就小了一
點兒。

如果我們用經營工業的方法經營農業而用經營農業的
方法經營工業，那麼工業污染就會大為減少而農業產量則
可能大幅度增加。

化妝是一門修改時間的藝術。

別人請我赴宴時我感到不好意思；別人不請我赴宴時
我感到義憤填膺。

郵局總是以很慢的速度投遞快件而以更慢的速度投遞
慢件。

貨幣的迷人之處來自它的功能而不是形態。如果狗糞
能夠充當市場交易中的一般等價物，誰還會在乎它的味道
呢？

別人指著我掉光了頭髮的禿頂問是否還有頭皮屑，我
回答他們：毛之不存，皮將焉附！

衡量一國文明程度的高低，不是看勞動生產率和高樓

大廈，而是看可有可無的人在總人口中的比重，比如歌劇
演員、馬戲團小丑、寵物醫生等等。

有錢時不嘲笑窮人；沒錢時不挖苦富人。

大部分商家廣告都可以用八個字概括：驚喜多多，實
惠不多。

旅行的長度由錢包決定；旅行的寬度由目光決定；旅
行的深度由心靈決定。

我們絕大多數人都是愛買便宜貨的機會主義者，只有
少數偉人在顯而易見的好處面前遲疑不決。

自然與動物

人類的發展史證明，人與大自然的搏鬥一直是相當殘酷的：開始是大自然殘酷，現在是人殘酷。

大海之所以偉大，不因為它叫大海，而因為它是大海。

人們對著一小灘積水皺眉頭，卻給一大灘積水起了個美麗的名字：湖。

和耀眼的日光相比，我更喜歡明媚的月光。遺憾的是月光也是日光。

我不明白為什麼南半球和北半球單挑赤道這個熱烘烘的地方會合？

遇到一點點風就四散狂奔的沙子不會有很高的含金量。

河流之所以曲折，是因為要它不直的因素太多了。

暗礁是一種很有心計的石頭。

這是多麼不對稱呵：人類對大自然施暴時蔑視所有的規律；大自然對人類報復時卻遵循所有的規律。

閃光的東西不一定是金子，但閃光的金子則一定是金子。

火紅的太陽光芒萬丈，可它管不了小蟲子的去向。

靜物：某種一碰就動的東西。

正因為全球氣候日益變暖，我才對人類的前途不寒而慄。

被做成牙籤的大樹最幸福，因為它們可以品嘗到各種美味佳餚。

綠葉默默地扶持著紅花，不過後者也是一言不發。

冬天的罪過在於它使春天遲來了好幾個月。

牛和羊的區別是它們需要不同的火候兒。

有兩個辦法可以知道毒蛇的滋味兒：一是你嘗它一口；二是你被它嘗一口。

壁虎很難理解人只掉了一個手指頭就急急忙忙往醫院跑。

　　如果你把孔雀的衣服剝光，就會發現它們簡直醜死了。

　　走上坡路的人受到稱讚；走上坡路的驢子受到鞭打。

　　能吃草根者必成大事。驢子除外。

　　蝴蝶：靠花衣服打扮起來的醜八怪。

　　小蝌蚪比青蛙更可愛，因爲它們要好逮一些。

　　大風很難把跳蚤吹得嗷嗷亂叫。

　　即使我們老是給獅子吃熟食，也很難改變它們吃人的本性——它們很可能把人叼到烤爐裡烤熟了再吃。

　　螞蟻讓人討厭的地方是它們很少一對一地和我們較量。

　　牛使我們感興趣的地方是它們很有力氣，又能被我們牽著鼻子走。

　　大象和螞蟻的區別之一是後者的牙很難雕刻成藝術品。

無論從哪個角度看，大象都比螞蟻大一些。

當我帶著一隻狼、一隻雞和一袋米過河時，才真正體會到當領導的艱難。

孤獨的牧羊人面對有組織的羊羣總是勝利者，因為羊羣是他組織的。

越來越多的動物用「死諫」規勸我們重視環境保護。

在節省能源方面，人類應該學學候鳥的精神。

我們人類非常羨慕鳥類，因為它們會飛；我估計鳥類也非常羨慕人類，因為我們會製造獵槍和子彈。

恐龍的滅絕真是一個悲劇，不然我們的餐桌上又可以多幾道菜了。

一個人很難赤手空拳對付一隻老虎，但對付半隻還是綽綽有餘的。

有心計的人應該像螞蟻那樣，找到一顆米粒之後絕不大喊大叫。

蒼蠅中一定也有天才，不過這不妨礙我們拍死它們。

　　我因為吃了一隻蒼蠅而感到十分難受，我估計那隻蒼蠅比我還要難受。

　　我相信跳蚤和人類一樣，也是填飽肚子以後才有力氣跳舞。

　　望遠鏡越造越大，看不清楚的星星越來越多。

✳︎

　　每一種哺乳類動物都有自己的婚姻制度，有的是殘忍的，有的是淫亂的，基本上全是荒謬的。當然這些評論全是我們人類的。

　　牛被殺以前要流淚，屠夫卻只流汗。

　　和猴子一塊兒吃東西不算文化，和它們一塊兒炒菜才算文化。

　　我煮了一百多隻土蟞，喝下它們的湯，以化開身上的一小塊淤血，它們至死都一聲不吭。可它們若是咬了我的一口蛋糕，我一定會大發雷霆。

　　我們沒有得到動物的允許，就把它們的數量和質量計算在人類生產能力之內。一對興奮的兔子在交配之後，也許沒有意識到它們已經對提高居住國的國民生產總值做出了貢獻。

不夠尺寸的東西很難給我們留下美好的印象。例如，至今還沒有人稱讚螞蟻的長相儀表堂堂。

春無鳥聲，夏無蟬聲，秋無蟲聲，冬無雪聲，因四季都有馬達轟鳴。

一部分人在踐踏大自然，另一部分人在保護大自然。在大自然看來，人類是一個自相矛盾的團夥。

風是通過舉起一些東西而讓人們看見它的。

植物對於我們的生存方式有不同的見解——溜溜達達無異於拿生命當兒戲。

相當多的哺乳類動物在求偶中都遵循著兩條原則：長久的等待與特定時刻的急促。

沙漠是由百分之九十九的沙子和百分之一的海市蜃樓組成的。

皮鞭：取之於畜牲，還之於畜牲的一種東西。

野獸們真是太可惡了：它們竟然吃小動物！

老虎有根尾巴顯得很威風，人沒有尾巴顯得更威風。

我把吃雞蛋的過程叫作化悲痛爲力量——母雞的悲痛
化作我的力量。

不驚嚇小鳥的最好辦法是我們都變成小鳥。

江河順其自然，才流的彎彎曲曲。

小動物比猛獸可愛得多，因爲它們總是對我們搖頭擺
尾，從不侵犯我們的利益。

蒼蠅中的貴族有權多吃幾口垃圾。

後記

　　本書的百分之六十內容取自我在中國大陸出版的三本書。百分之四十的內容爲近幾年新寫,沒有發表過。讀者目前看到的這本書,前前後後耗費了我十年時間,其中有很多句子是在北京擁擠的地鐵車廂中完成的。

　　本書能夠在台灣出版,應該感謝成功大學中文系主任張高評教授的舉薦和萬卷樓圖書有限公司梁總經理的慨然應允。張教授還撥冗爲本書題寫了書名。

　　希望台灣讀者喜歡我的書。如果對我的寫作有什麼批評,歡迎來函寄至北京鼓樓西大街甲一五八號(郵政編碼一○○七二○)馬長山收。

作者　一九九九年夏於北京

思路花語

著　　　者：馬長山
發　行　人：許錟輝
責 任 編 輯：李冀燕、黃淑媛
出　版　者：萬卷樓圖書有限公司
　　　　　　台北市和平東路一段 67 號 14 樓之 1
　　　　　　電話(02)23216565・23952992
　　　　　　FAX(02)23944113
　　　　　　劃撥帳號 15624015
出版登記證：新聞局局版臺業字第 5655 號
網 站 網 址：http://www.wanjuan.com.tw/
E　-mail：wanjuan@tpts5.seed.net.tw
經 銷 代 理：紅螞蟻圖書有限公司
　　　　　　台北市內湖區文德路 210 巷 30 弄 25 號
　　　　　　電話(02)27999490
　　　　　　FAX(02)27995284
承 印 廠 商：晟齊實業有限公司
電 腦 排 版：浩瀚電腦排版股份有限公司
定　　　價：150 元
出 版 日 期：民國 88 年 11 月初版

ISBN 957-739-251-2